文士村散策

新宿・大久保いまむかし

茅原 健……【著】
Kayahara Ken

文学通信

[目次]

前書きとしての、新宿・大久保いまむかし

新宿や馬糞の上の朝の霜　内藤鳴雪

高層ビルが林立する新宿西口新都心。ここがその昔、牛が寝そべる牧場であったとはちょっと想像がつかない。会津藩士で佐久間象山と親交があり、柴四朗によって『廣澤牧老人遺稿』（明治二四）が残されている、酪農による栄養改善を考えた廣澤安任（ひろさわやすとう）が明治維新ののち、新宿西口に洋式牧場を開いた。角筈（つのはず）の牧場からは、相模連山を従えた富士山が遠望出来たであろう。

そして、芥川龍之介の実父新原敏三は日暮里中本、王子西ヶ原に牧場を持っていたが、南口の靖国通りに面した幕末の蘭学者高野長英（たかのちょうえい）が葬られていると伝えられる成覚寺の付近（新宿二丁目）にも、「耕牧舎」という牧場を開設していた。芥川自身がモデルとなっていると思われる『大道寺信輔の半生』に出てくる、中学時代に訪ねた「叔父が経営していた牧場」というのは、「耕牧舎」を指しているのかも知れない。

それはともかく、その新宿、なにも新宿に限ったことではないが、郊外と呼ばれた街は、時代の波に押されて近代化していく。

山崎直方、佐藤傳蔵編『大日本地誌』（博文館）の分担執筆をして地誌（地理）に関心を持っていた田山花袋は、大正期に至って新宿がだんだん賑やかになっていく様子を東京案内の文章で、「『馬糞の中に菖蒲の花が咲く』と言つた昔のさまはもう見ることは出来ないけれど、それでももと一里塚のあつたといふ追分あたりは、近頃、京王電車の接続点などが出来て賑やかだ。昔の料理店では、竹虎などといふのがあつたが、今は潰れた」（『東京の近郊』実業之日本社・大正五・四）と言って、宿場町、内藤新宿の妍（けん）を競う遊女（菖蒲）の姿が少なくなったと、その町並みの変化を伝えている。その花袋の新宿が、馬場孤蝶（ばばこちょう）の『明治の東京』（中央公論社・昭和一七・五）では、いよいよ近代化の様相を帯びてくる。

> 新宿近時の発達は全く文字通りに駭目に値するといはざるを得ない。いはゆる馬糞の臭ひと嘲けられたのは余りにも古い昔ではあるが、両側にあの薄ぎたない暖簾をかけた陰鬱な大建物の間に、ぽつぽつと見る影もない小商店の介在してゐた時分から、今の繁華な街路までの発達は殆ど一足とびの観がある。殊に旧市内より最も遠い部分が中心になつたのは、停車場のお陰げ、即ち、郊外開進の恩沢といはざるを得なからう。震災の恩沢も十分ある事はあ

るが、新宿付近が殷賑を極むるに至るのは、単に年月の問題であつたので、震災はたゞその時期を早めたに過ぎないであらう。この勢ひで行けば、東京の繁華西遷の期が遠くはなからうと思はれるくらゐである。銀座よりもこゝは野卑であると人はいふであらう。ところが野風が今の人人を引きつける力があるのだ。大衆を引きつけるにはこの野風がなければ駄目だ。銀座がだんだんこの野味に降参しだすと共に、やがては、新宿の方がその繁華において凱歌を奏する日が来るのではないだらうか。

この孤蝶の観測は当たっているようで当たっていない。新宿の野風は、速度を速め、馬糞の中に「いずれ菖蒲か杜若」が咲いたような歌舞伎町という特殊な原色の街区となって、繁華な消費空間を謳歌している。しかし、その戦後新宿の、なにか垢抜けしない繁華は、ハイカラ仕込みの銀座とは趣を異にする。

その点からいえば、考現学の今和次郎（こんわじろう）の『新版東京案内』（中央公論社・昭和四・一二）の方が、孤蝶より一五年ほど時代が下るが、新宿の将来を予見している。

新宿ホテルは恋の安息所だといはれている。細民街の旭町にある安ホテルは、これまた安価な恋の休憩所であること、一寸遠く離れて、十二軒の料理店、待合いがあるがこれも遊郭同様、時代においてけぼりを食つて、今は、恋を休める人もあまりないとのこと。無数のカフェー、二つのダンスホール、駅待合室、往来の人間洪水を巧みに利用して、こゝには思い切つた不良少年不良少女が跳梁跋扈する。一時、その中心を銀座に置くといはれた近代的不良性は、漸次移動して、今はこの新宿を中心として硬軟あらゆる都会悪を働く不良の徒、その数数百と称せられる。新宿の夜に遊ぶ紳士淑女諸氏よ、ジャズで踊つて何で更けてもかまはないからこの点だけは十二分に注意を払はれるがいい。新宿こそは、都市と近郊と地方との交流作用から生まれた異常なる高速度発展市街の代表的サンプルである。

今和次郎の昭和初年の調査、分析によると、新宿は銀座に較べてエロ・カフェが多く、三越百貨店の裏店にある軒並みのカフェ街は、大阪伝来のものではない、インチキ式のオアシスであったという（川添登『今和次郎』ちくま学芸文庫）。現在の歌舞伎町の風俗繁華を見ると、人間に持って生まれた性格というかサガがあるように、街にも生まれ落ちてからの抜きがたい性格があるのだろうか。都市計画家の越沢明は、「新宿東口方面は甲州街道の宿場町（内藤新宿）以来の商業地として盛り場が形成されていた。これに対して新宿西口には商業集積は何もなく、東京地方専売局工場と淀橋浄水場が主な施設であり、これ以外には人家と学校があるにすぎなかった」（『東京都市計画物語』ちくま学芸文庫）と言うように、新宿駅を挟んだ東口と南口との歴史的相貌を俯瞰している。

関東大震災で焼け、太平洋戦争の空襲で灰燼(かいじん)に帰した東口周辺には、根付きの盛り場が蘇生する。昭和五六年で創立三〇周年を迎えたという、商業地として繁昌した新宿東口は、新宿商店街連合が発刊した記念誌『商業の街・新宿』(昭和五六・一〇)に語られているように、新宿を「商店街」という視点から回顧、編集されている。そして、商業集積がなく、官許の施設と学校のあった西口は、淀橋浄水場が埋め立てられ、都市開発によってオフィス街となり、東京都庁が都市景観としてはそぐわない装いで登場して、東京都の行財政の中心地区となった。

新宿の歴史を語った本は沢山ある。なかでも、相馬黒光の自伝『黙移』(平凡社ライブラリー)は、明治、大正、昭和の新宿・中村屋を中心とした奮闘の文壇史である。また、紀伊國屋書店の創設者、田辺茂一の『わが町・新宿』(サンケイ)は、文字通り新宿の回想で、京王電車のつり革によって英語の原書を読んでいる私の祖父茅原華山が登場したりする。そして、関根弘の『わが新宿─叛逆する町』(財界展望新社)は、鋭利な切れ味で地鳴りのする新宿論である。その他に、本文中に引用したものとは別にざっと手許にある新宿をテーマに書かれた本の背表紙を見ても、新宿の歴史を独特な切り口で描いた著書がある。阿坂卯一郎著『新宿駅が二つあった頃』(第三文明社)、森泉笙子著『新宿の夜はキャラ色』(三一書房)、木村勝美著『新宿歌舞伎町物語』(潮出版)、窪田篤人著『新宿ムーラン・ルージュ』(六興出版)、芳賀善次郎著『新宿の今昔』(紀伊國屋書店)、野村敏雄著の『葬送屋菊五郎―新宿史記別伝―』（青蛙書房）、『新宿裏町三代記』（青蛙書房）、『新宿うら町おもてまち―しみじみ歴史散歩―』（朝日新聞社）、『新宿っ子夜話』（青蛙書房）などである。

そして、新宿と文学をテーマにまとめたものに、『新宿と文学―そのふるさとを訪ねて―』（東京都新宿区教育委員会・昭和四三・三）がある。その構成は、第一部が「区内を描写した作品」とあって、神楽坂、横寺町などをはじめ区内を題材とした文学作品を抜粋した編集がしてある。例えば「大久保」では、田山花袋、森田草平、金子薫園、大町桂月、戸川秋骨、高濱虚子などが大久保を語った詩歌、小説として紹介してある。そして、第二部は「区内に居住した作家」として、小泉八雲、坪内逍遥などの作品抜粋が並んでいる。これらは本編でもその一部を活用した。

『新宿と文学―そのふるさとを訪ねて―』（東京都新宿区教育委員会）

これらとは趣を異にするのが、戦後刊行の特殊な意味合いを付加した「風俗」と漢字で書くより、「フーゾク」という言葉で表象される「雑踏と猥雑」の歌舞伎町を中心として描いた、劇画調の小説やルポルタージュ風のものが圧倒している。暴力団関係者二万人、不法滞在外国人三万人、風俗関係者二万人がたむろするといわれる歌舞伎町である。「ルソンの谷間」で、第三七回の直木賞を受賞した作家の江崎誠致（えざきまさのり）は、戦後の新宿をコスモポリタンのように見定めている（『新宿散歩道』文化服装学院出版部・昭和四四・四）。

新宿は誰の街でもない。新宿はただひたすら群集の街である。来るべきものはすべて拒まない。誰でもいつでもこの街の人間となることができる。銀座や浅草のように、それらしい気質を必要としない。「新宿かたぎ」という言葉は、昔も今も存在しない。

かつて、「龍角散」のテレビコマーシャルで、浴衣姿の漫画家の滝田ゆうがタクシーを拾って、「角筈まで」というと、運転手が「西新宿ですね」というのがあった。これは滝田ゆうが懐古のオジサンで、運転手が職業意識のしっかりしたドライバーという問題だけではなそうだ。益体もない行政の便宜のために、町の歴史を抹消する町名変更が問題になったことがあった。今では、この新宿西口の高層ビル群のなかで、「淀橋」とか「角筈」というひと昔前の地名を思い出す人は少ないだろう。大袈裟にいえばコスモポリタニズムの浸透である。

こういう一種の感傷の延長線上として、とくに明治、大正期の文士たちの多くが住み、また、往来した西大久保一丁目界隈を見ると、そこには、歌舞伎町二丁目という戦後の地図が覆い被さっていて、私が生まれ育った西大久保一丁目四九七番地ともども緑陰のある西大久保は、地中に埋もれてしまったのである。

新宿歴史博物館発行の『常設展示図録』の中に、近代文学研究者の竹盛天雄が「独歩・花袋・藤村・葉舟らと「大久保」―新宿と近代文学の一面」という論考を書いている。これは、田山花袋が東京近郊を「都会と野との接触点」という言葉によって位置付けたのをキーワードとし、変貌していく市街地を「生きられる空間」として守るという問題提起をしているのである。

しかし、激変していく現代都市は、守るとすべき生きられる空間を喪失している。区画整理が出来なかった大久保地域は、防災、緊急医療などの機能が十分に果たせない地区となっている。しかも、牛が寝そべっていたという淀橋は、あたかもバベルの塔のごとき高層ビルが林立し、無機化した人口の集積地、新都心新宿西口となり、ツツジの名所であった西大久保は、混沌とした風俗の坩堝(るつぼ)と化して、言語疎通が不可能ともいえる雑踏の歌舞伎町となった。この現実は如何ともし難い。だからこそ、「生きられる空間」の確保が必須ということだろうか。

昔は良かったといってもはじまらない。都市の相貌は、時代の変化を如実に表現していて、それが歴史というものだろう。だから、私の大久保文士村発掘は、大内力の言葉を借りれば、「亡郷の民」の生地に対する挽歌であり、鎮魂の譜でもある。生まれた土地は、蒙古斑(もうこはん)の如く人の人生に付きまとう。それは、もしかすると「ゲニウス・ロキ」(地霊)の仕業かも知れない。田山花袋の『東京の三十年』(岩波文庫)の「東京の発展」に次のような一節がある。

概して、東京の郊外は、新しく開けたものだ。新開地だ。勤人や学生の住むところだ。そこには昔の古い空気は少しも残つてゐない。江戸の空気は、文明に圧されて、市の真中に、寧ろ底の方に、微かに残つてゐるのをみるばかりである。かうして時は移つて行く。あらゆる人物も、あらゆる事業も、あらゆる悲劇も、すべてその中へと一つ一つ永久に消えて行つて了ふのである。そして新しい時代と新しい人間とが、同じ地上を自分一人の生活のやうな顔をして歩いて行くのである。五十年後は？　百年後は？

稲荷鬼王神社に一礼

島崎藤村が自分の住所を封書に書くとき「東京市大久保村鬼王神社横」と記したというように、先ずこの稿を始める前に、新宿西大久保の氏神様に一礼を表しておく必要があるだろう。言ってみれば、鬼王神社は、大久保文士村の氏神様でもあるわけだ。

といっても、祭神の詳細などを語るつもりはない。参考までにいえば、祭神は、宇賀能御魂命、鬼王権現、月夜見命、大物生命、天手力男命ということであるらしいが、折角だから、新宿観光振興協会の「稲荷鬼王神社」の記事を左記に引き写す。

> 稲荷鬼王神社は鬼王権現を祀る全国唯一の神社です。もとは承応2年（1653）に福瑳稲荷を勧請したもので、天保3年（1832）に当地の百姓田中清右衛門が熊野から勧請した鬼王権現と合祀した神社です。江戸時代から豆腐を備えれば、湿疹・腫れ物に効果があるとされました。邪鬼の頭上に手水鉢（区指定文化財）をのせた珍しい水鉢は、文政年間（1818

〜30）、毎夜水を浴びる音がするので持主が刀で切りつけたところ、その御家人に災難が相次いだため、天保4年（1833）鬼王神社に奉納されました。

右の解説にもある通り、鬼王神社の表鳥居の脇に頭上に手水鉢を乗せた邪鬼が、形相たくましく踏ん張っている像がある。近隣の子供たちはこの鬼を「お力様（りきさま）」と言っていた。このお力様が子供のころに遊びに行った鬼王神社のシンボルだった。そのお力様を懐かしみ、その由来などを、大久保小学校の先輩で作家の故福島昭午さんが「新宿・稲荷鬼王神社の「鬼王」考」（『風、光り し大久保』大久保の歴史を語る会）で次のように回想しながら、鬼王神社の故事来歴を博捜の資料を駆使して論評している。しかし、ここではそれは割愛して、「お力様」の思い出だけを紹介する。

なお、福島昭午さんは『紙魚戯言』（晃文社）所収の「稲荷鬼王神社」でも鬼について詳論している。

大久保の記憶は先ず鬼王神社で始まる。学齢以前から銭湯への行きかえりに神社の前を通る。その度に神社のお力様と呼ばれていた鬼と対面する。

鬼王神社のお力様

幼年時代は背丈が小さかったから、しゃがんだその目線の高さで鬼をとらえていた。「うぬっ」と大きな目が飛び出さんばかりに気張った表情は頭上の石櫃を支えて力をこめているから、首が胴体にめりこんでいる。牙をむき出して頑張っているその体全体から、なんともいえぬ愛嬌が漂ってくるようで、私はよくこの鬼と睨めっこをしたものである。目線がちょうど鬼の顔の正面にあたっていた。以来鬼が好きになった。今みれば小さな鬼である。

その稲荷鬼王神社は、今でいうと地下鉄副都心線東新宿駅で降りて、A1入口を出て職安通り（鬼王様通り）を左の方に少し歩いたところに現在でも鎮座している。令和四年の秋に、久しぶりに訪ねた鬼王神社の境内は、鬼王様通りに面した大鳥居があったはずだが、そこにはホテルが建っていて、神社の姿はみえない。そのホテルを左折すると区役所通り（新宿通り）に沿って鳥居がある神社の正面に出る。だけど、記憶ではこの鳥居は「西の鳥居」で、いわば勝手口だったように思われるのだ。それが戦後の街並み変革で、記憶に残る往年の神社の面影はなく高いビルに囲まれて窮屈そうな境内にそれでも幣拝殿は煌々と後燈明を照らしていた。社前で一礼、久闊を叙した。

戸川秋骨の「村芝居」（『そのまゝの記』）で、「大久保の村の神様には一方には鬼王様といふのがあり、一方には諏訪様といふのがある」と言っている。それに加えて、もう一つ、新宿（内藤新宿）

の守護神といわれる花園（はなぞの）神社がある。久しぶりに令和の花園神社を訪ねた。社殿に向かう道がビルに押されて狭くなり、子供の頃は気づかなかった、芭蕉の句碑「蓬萊にきかやば伊勢の初たより」と「春なれや名もなき山の薄霞」の二基があった。

そして、戦後の話になるが、花園神社が脚光を浴びたことがあった。それは劇作家の唐十郎が率いるアングラ劇団「状況劇場」が、花園神社の境内に紅いテント張って、「腰巻お仙―義理人情いろはにほへと篇」を上演して話題になったことがあった。

そもそも文士とは

この本で取り上げる、大久保文士村の「文士」という言葉は、文芸用語としては面目を保ってはいるが、平成、令和の年代の一般用語としては、死語になっているかもしれない。

『広辞苑』（岩波書店）で、「文士」を引くと「文筆を業とする人。特に小説家」とある。そして「三文文士」の用語例が挙げられている。で、「三文文士」を引くと、「つまらない作品しか書けない文士。また、文士の蔑称」と説明してある。「三文」は、はした金のことだ。辞書の説明はこんなものだ。それで、文学事典、たとえば『日本近代文学大事典』（講談社）の「事項欄」に立項されていないかと見たけど、なかった。

そうすると、「文士」の呼称は、明治・大正期、そして昭和初期頃までの小説家をそう呼んだことになる、と理解するしかない。それにしてもなんだかあっけなくて、「文士」という呼び名には何かべつの意味合いはないものかと思いめぐらす。井伏鱒二に『文士の風貌』（福武書店）という一冊がある。登場するのは文壇で一定の地位を保っている作家たちだ。井伏は文中文士の定義などはしていない。森鷗外も夏目漱石も佐藤春夫も志賀直哉もみな文士である。あまり一般的でない、葛西善蔵、小杉天外、嘉村礒多などがいる。彼等も文士だ。ただ、その本の解説を書いている松本武夫が〝文士〟と表記しているのには、特別な意味合いがあるように思えるが、その意図するところは分からない。

また、文壇資料と銘打った『田端文士村』（近藤富枝・講談社）、『馬込文学地図』（近藤富枝・講談社）、『本郷菊富士ホテル』（近藤富枝・講談社）、『阿佐ヶ谷界隈』（村上護・講談社）などの大正から昭和初期にそれぞれの地域に屯した文士たちの動向をつぶさに跡付けた、それこそ文壇資料をまとめた本が刊行されているが、「文士」の定義については記述がないようだ。それは文士という呼び名が既定の事実として定着していたことによるのかも知れない。「文士劇」という用語もあるが、「文筆家が出演する素人芝居」（『文芸用語の基礎知識』至文堂）と説明されているだけである。

それに、「文士」というと男性名詞だと一人合点していたが、『女文士』（集英社文庫）という林真理子の一冊があった。文壇での名誉欲に取りつかれたという真杉静江の生涯を描いた作品のタイトルに「女文士」としたのは秀抜だが、それによって私小説を書く女性作家の「文士」の正体がはっきりしたとも思えない。また、写真家林忠彦の『文士の時代』（中公文庫）という作家の肖像を撮った写真集がある。川端康成から山本周五郎まで総勢百五人の作家が居並ぶ。貴重な映像で興味ある写真集だが、「文士の時代」とした、それがどういう「文士の時代」だったのか、その中身がこれもはっきりしない。川端などの文豪と言われる作家はすべて「先生」と呼んでいる。「文士の川端康成先生」では撞着語法の感ありだ。それに、女流作家の平林たい子は「さん」と呼び、壺井栄（つぼいさかえ）は「先生」となる。であるから、文士詮議はどうにも埒が明かない。いずれにしても、「三文文士」というのが存在感を持った熟語のように思える。その文士たちは、つまらない作品しか書けないのではなく、原稿用紙に向かって悪戦苦闘、書いては消しその原稿用紙を破り捨て、また、ペンを執る。生きることへの自問自答。これぞ文士の姿なのである。

世も合理的な西欧文化が押し寄せて来て、日本古来の着物などの古い文化がそれこそ脱ぎ捨てられた大正期の、思想も大正デモクラシーなるものが浸透し、文士たちも着物から背広へと着替えて足を組み、パイプなどを咥えるようになった時代、その頃、文士は作家となり小説家となったということだろうか。そして昭和になると、大学の教壇に立つ文学者の登場と相成る。

もう一冊、大久保房男の『文士とは』（紅書房）を手に取った。まず、「文士がいなくなって、日本の文学は駄目になったと言われている」と大久保は「まえがき」の冒頭で言う。そして、正宗白鳥の言葉を借りた大久保房男の語る文士を要約すると、次のようになる。

明治の文士たちは着ているものもみすぼらしくて、文学を論じるにも炒り豆を齧りながらやり、論じ疲れると、金がないから、郊外散歩に行こう、と言ってよく出かけた。文士は批評精神が旺盛で、嫉妬心も強く、それに正直だから、思ったことを口にする。ここで肝心なのは、「炒

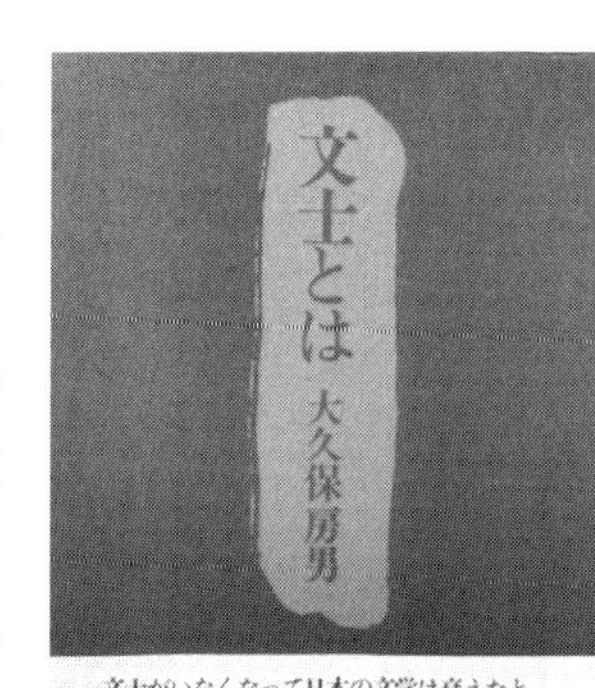

大久保房男『文士とは』（紅書房）

り豆を齧りながら」のフレーズだ。江戸時代の儒学者荻生徂徠が「炒り豆を齧りながら天下の英雄豪傑を罵倒するのが人生最上の快事」と言った故事によるもので、文士は伝統的に反権力であった。そして、論じ疲れると郊外に散歩に出るのだ。

しかもこの文士たちは、「赤貧洗うが如き」生活を余儀なくされた。書いたものがそう高くは売れないからである。一例に過ぎないが、水野葉舟によれば、「生活の報酬を得られる文学は、まず小説に限られてゐた」（『明治文学の潮流』紀元社）から、国木田独歩が詩から散文に文学の処方を変えたのも生活のためであったと言っている。この「売れない」というのが文士の代名詞のように言われる、私小説作家の宿命みたいなものであった。文学の定義の吟味も必要だが、とにかく「文学の鬼」であって、しかも、この貧乏文士たちは浩然の気を喪わず文士気質を堅持した。こういう文士が消えてなくなり、文壇に集う文学者ばかりになって、日本の文学は駄目になった、と大久保は言うのである。その通りかもしれない。それにしても、永井荷風が「文士にして字を知るのは稀なり」（『麻布襍記』中公文庫）と言っているのが面白い。

それに、郊外生活者という視点で文士を語っている文章がある。それは『落合文士村』（目白学園女子短期大学国語国文科研究室・双文社出版）に「序」を寄せた瀬沼茂樹の次のような文章だ。

大正の中葉、まだ十五区制であったころの東京市の郊外には武蔵野の面影が残っていた。その頃落合村（後に町）には国木田独歩の小品を思わせるような櫟林の中に田畑と集落が点在し、長閑な郊外風景が展開していた。文士の多くは市内に住まい、関東震災前後から交通機関の整備するにつれて居宅を郊外に移すものが現れてきた。もちろん、まだ無名の文士、むしろ文学青年にすぎなかった若年の人達は市内の下宿か郊外の借家に住まい、他日の名聲を夢見ていた。落合村に借家または下宿する文士の若き日の姿もまた然りであったというべきであろう。明治の作家たちにたいして、大正昭和の作家は概して郊外生活者であったといっても誤りではないからである。

瀬沼茂樹の大正・昭和の文士の郊外生活はその通りであるだろうが、惜しむらくは、明治期の郊外に住まう引っ越し貧乏の文士までには目が届かなかったようである。文士の詮議はさて措き、明治末期から大正初期の都市に隣接する「街はずれ」の郊外のありようを語りつつ、とかくメダカは群れたがるという批判はあるものの、それでも文士気風を袂に入れた文士たちが、その昔、緑豊かな、空気が清爽な郊外の文士村に屯した日常をこれから描こうというものである。

画家、岡落葉の大久保文士村

大久保の空高高と唐辛子　沼波瓊音

最初にこれから語ろうとする、大久保文士村界隈の地理的定義ともいうべきものを掲示しておく。最も簡便で要領を得た槌田満文編の『東京文学地名辞典』（東京堂出版・一九九七・九）を少し長いが左記に引く。ちなみに、掲句の沼波瓊音（ぬなみけいおん）にある「唐辛子」は、その昔大久保は唐辛子の栽培地でもあった。

大久保（新宿区東大久保、西大久保、百人町）は、古くから躑躅（つつじ）園で知られたところ。明治二二年に東大久保、西大久保、大久保百人町が合併して、豊多摩郡大久保村となり、大正元年に大久保町となった。町内の神社で北野神社（新宿区東大久保二丁目）が、西向きの社殿は珍しいところから、「西向天神」と呼ばれて名高い。明治二二年に甲武鉄道（明治三九年から中央線）の大久保停車場、大正三年に山手線の新大久保駅ができている。明治四〇年代には躑躅園も衰え、住宅地化が進んだ。『新修新宿区史』（昭四二）には「野原のようだった大久保付近は借家の町となり、自動電話・郵便局もできて、場末の特色を備えた郊外の町となった」と記されている。明治一一年に陸軍用地となった戸山ヶ原（新宿区西大久保四丁目、百人町三・四丁目）は、陸軍戸山学校（新宿区戸山町）の西北に当たり、射撃場のほか陸軍科学研究所、陸軍技術本部があった。戦後は都営戸山ヶ原団地、戸山交通公園になっている。

大久保の地名の由来、これはあまりはっきりしない。『角川日本地名大辞典・東京都』（角川書店・昭和五三・一〇）が、次のような諸説を挙げている。

地名の由来は、小田原北条氏家臣太田新六郎の寄子衆大久保某が当地を領していたためとも、池内永福寺の古い山号大久保山によるとも、江戸期の東大久保・西大久保村の境が大きな窪地になっていたためとも、当地に屋敷地を給された百人組同心の総取締大久保某によるとも伝える。

もう一つ『新修　新宿区町名誌―地名の由来と変遷』（新宿歴史博物館）から大久保の地名の由

来を見ておこう。それは次の四説があるとしているが、諸説紛々で定説はないようだ。

○小田原北条氏の家来太田新六郎康資寄子衆に、大久保の姓氏を名乗る者があり、当所を領したので村名となった。

○東大久保と西大久保との境の地形が、大きな窪地なっているので、大窪村であったのが大久保村に改めた。

○東大久保二丁目の永福寺の古い山号が、大窪山であるから、それからとった。

○江戸幕府は、はじめ諸組の同心に市ヶ谷、大久保等の地を与えて居住させたが、総取締として大久保某を選任し、邸を大久保に給わったので大久保と称するようになった。

この地名の由来がはっきりしない大久保地域の話はひとまず措いて、その大久保界隈に明治末年から大正にかけて、多くの文士たちが住んでいたという話をこれからぼちぼちする。

明治七年に登場した銀座木村屋のアンパンに対抗して、明治三七年にクリームパンを創案した中村屋の創設者相馬黒光（そうまこっこう）が、雑誌『婦人之友』（昭和九）に連載した自伝的随筆『黙移』のなかで、本郷から新宿に移転して本格的に営業活動をした地域、新宿西大久保界隈を「文士村」と呼んでいる。

その頃大久保の新開地は、水野葉舟、吉江孤雁、国木田独歩――間もなく茅ヶ崎南湖院に入院――戸川秋骨先生、それに島崎先生は三人のお子を失われてから新片町に移転されましたがとにかく、そういう方々のよりあいで一時は文士村と称されたものでありまして、また淀橋の櫟林の聖者としてお名のひびいた内村鑑三先生、その隣りのレバノン教会牧師福田錠治氏などが、その行商の最初の得意となって御後援下されて、この文士村の知名の方々へも御用聞きに伺いまして、それぞれお引立てに預かるようになりました。

黒光が「文士村」と呼ぶ西大久保に居を構えた、葉舟、孤雁、独歩、秋骨、藤村などのことは追い追い触れるとして、また、内村鑑三についても語る機会があると思うが、「レバノン教会牧師福田錠治」については説明がいるところだが、はっきりしたことは分からない。「レバノン教会」というのは、日本基督教団の流れをくむものらしく、明治二七年ごろ新宿の角筈に「日本基督教団角筈村講義所」というのがあって、それがその後「日本基督教団レバノン教会」となった経緯があったらしい。そこに、中村屋をひいきにした福田錠治という牧師がいた、ということになる。

時代は変って、明治から一気に昭和の話になる。相馬愛藏・相馬黒光共著に『晩霜』（東西文明社）という一冊を古本屋の百円均一で手にした。その中に「西大久保のころ」（「調布黒光庵にて」）、

「西大久保の家が焼けて」(「大悲願寺日記一」)という文章があった。これを読んで少年期の戦争体験が生々しくよみがえり、文士村を横に置いて、しばらくこの文章に立ち寄って見る。

「西大久保の家は、越後長岡藩の屋敷のあとで、故牧野子爵が住まわれ、同家が郊外に移られてから、中村屋の店員寄宿舎を増設するために大体その土地が必要で譲り受けました。」とあって、その他に、淀橋の第一宿舎、福田大将邸跡の第二寄宿舎と規模は拡大し、「中村屋の事業成績は、新宿の発展と共に上昇しつゞけ、店は冥加にあまる千客万来の賑わい」を呈したのであったと振り返る、当時の地番は、新宿区西大久保一丁目四七九番地である。

しかし、太平洋戦争が勃発して黒光たちは、昭和二〇年三月に戦火を避けて、西多摩郡の秋川渓谷を望む五日市の隣村、増戸村の名刹真言宗の大悲願寺に疎開する。現在の東京都あきる野市である。そこでの生活を記録した「大悲願寺日記抄一」に空襲の様子が記録されている。その記録を以下に抜粋する。ここに出て来る「敵機」はアメリカ空軍の飛行機である。念の為。

三月一七日(土曜日)警戒警報発令、午後一時半頃、間もなく解除。昨夜から今日にかけ敵機は神戸地区を荒し廻したるよし。

三月十八日(日曜日、彼岸入り)警戒警報発令、二時頃解除、伊豆大島諸島を襲撃したらしい。

三月廿七日（火曜日）南西諸島方面に出現した敵機動部隊は廿三日以来、沖縄島を始め、同諸島各要地に艦上機を放って、反復来襲している。

四月一四日（土曜日）B29約百七十機三梯団にわかれ、主力約五十機は京浜地区に来襲、一四日払暁三時ごろまで、爆弾、焼夷弾を投下攻撃し來る。

このような記述が毎日記録されている。そして、四月一五日に帝都消失の状況を知った。「省線沿線の淀橋区内大久保、百人町、戸山ヶ原まで焼野原と化し、その辺に居住の知己友人みな焼出され」中村屋も全焼した。「省線沿線」というのは現在の山手線のことである。この時、西大久保一丁目四九七番地の我が家も焼けた。幸いというか、埼玉県の秩父に近い寒村に疎開していて、我が家の焼けたのはその疎開地の吾野村で知った。

少し道草を食った。本題に入る。相馬黒光が新開地と見立て、中村屋の発展の地盤となったこの文士村をかなり具体的に描いた文章がある。画家で国木田独歩の『武蔵野』の装丁などをした岡落葉（おからくよう）の「明治大正の文士村　大久保」（『日本古書通信』昭和三一・六・一五）がそれである。その文章を参照しながら、大久保文士村の佇まいを見ていこう。

落葉が大久保に住んだのは、「今の新宿角筈でもなければ、その一つ前の淀橋区大久保でもない。

角筈も大久保も豊多摩郡に属してゐた時代」のことであると言って、角筈には明治三七年七月から四一年の八月までの五年間、大正三年に大久保に移ってから足かけ七年間住んでいた。その頃の大久保界隈は、「まだ甲州街道の新宿で、女郎屋の前に汚穢車が並び、大久保村は植木屋が多く、殆ど草屋根の家で、如何にも郊外らしい感じのするところ」であった、と回顧している。

ここで考証めいたことをいうと、女郎屋の前に並ぶ汚穢車というのは、当時は当然、水洗便所などあるはずもなく、大小便の汲み取りを専業とする樽を載せた大八車風のものが、各家庭を回っていた。だから岡落葉が住んでいた新宿は、まさに馬糞の上に菖蒲が咲いていた時代であった。そしてまた、落葉も利用したであろう新宿駅は、明治一八年に山手線の一駅として開設した。『新宿区史―区立三〇周年記念』（東京都新宿区役所）は、その当時のことを次のように記述している。

当時は、乗降客は少なく、甲州や東北方面から入荷する木炭の集積地で、ようやく駅らしい様子をみせはじめたのは、二二年、甲武線（中央線）の停車場が併設されてからであった。甲州街道、青梅街道ともに、物資の輸送路として賑わったが、世間には、馬糞・肥桶の匂う道として知られていた。東京の市域が西にのびたことや、商業が発達し始めたことなどで駅前付近の人家は次第に増えて、角筈の渡辺土手際に家が建ち並ぶのは明治の末年にいたってからである。

このような時代に岡落葉が語る大久保文士村には、次のような人々がいた。

日本語の発祥はギリシャにあるという珍説を出したりして、奇言、奇行の多かった木村鷹太郎（きむらたかたろう）が明治三四、五年頃に住んでいた。木村の隣に画家で、雑誌『明星』の斬新な表紙や挿し絵で画名を挙げた一条成美（いちじょうせいび）もいた。木村鷹太郎は明治三八年一二月一〇日に、淀橋町柏木三〇九番地に転居して、著述に専念するかたわら、散策などをしたり、友人と夜半まで歓談するという文士風情の日常を送っていた。その折々に「都下の西郊柏木大久保の辺りに文壇の豪傑、奇物、変物が巣を構えて朝夕相会し、斗酒鯨飲して天下の時事を談じ文界の悪傾向を罵り、万丈気を吐いていた」（「木村鷹太郎」『近代文学研究叢書』33）らしく、その連中が木村鷹太郎であり、大町桂月であったらしい。

この鷹太郎や桂月に加えて、吉江孤雁、片上伸、水野葉舟、人見東明、やがて異郷志向に引かれて樺太へ渡った野口雨情が、明治三九年一月頃に若松町にいて、これら血気盛んな「斗酒鯨飲」する若者たちを、世間では「大久保党」と呼んでいたという。

また、翻訳家で小説も書く前田晁、歌人の窪田空穂も西大久保周辺に居た。空穂の『わが文学体験』（岩波文庫・一九九九・三）には、国木田独歩の「独歩社」のことや、「栗の老木があり、夜は金星が赤く低く見えて、虫の声がしげくした」南榎町に転居したときのことなどが綴られている。

その他に岡落葉が挙げている人物には、岡宅（西大久保二一〇）の右隣に浜野知三郎がいた。岡は、「浜野氏は学者で字書その他の著書もあるから、別に註する必要もあるまい。」と言っているが、浅学、その人を知らない。調べたら、『新釈孟子附索引』（至誠堂・明治四四）、『新釈漢和大辞典』（六合館・大正五）などがあった。そして、左隣には東京、大阪の検事で、凶徒に斬られたことがあったという金子季逸が住んでいたという。

ニーチェや日蓮に傾倒した高山樗牛の弟で西大久保に住んでいた齋藤信策（齋藤野の人）は、その叔父に当る、実業家の太田資順の家の近くにいた。後に述べる茅原茂の大久保文学倶楽部の会場に、ときどきこの太田の家を使っている。

斎藤野の人は、太田に生活を見て貰っていたようだ。結核に罹っていた彼は療養も兼ねて、太田の家の近く西大久保二七四番地に小さな家を借りたが、往来に面しているのが気に入らず、西大久保四八七番地に転居した。齋藤野の人が西大久保へ転居して来た事情のひとつには、明治三八年に『帝国文学』に発表した評論「憤慨録」が革命思想を含んでいると疑われて、発禁停止となったときから、その編集員を辞し、教えていた明治大学もやめて西大久保に隠棲した（『日本文壇史』第15巻講談社文芸文庫）ということであったらしい。

そして、余談になるが早稲田大学の教授で、憲政会の代議士でもあった内ヶ崎作三郎によると、茅原華山が大正論壇に「第三帝国」という思想を吹聴する以前の明治三九年に、齋藤野の人は、「イプセン誰ぞ」とか「イプセンの第三王国」を詳論して、「彼の血を吐いて叫びたる所今漸く社会の耳聴を聳動せんとするはこれ彼の予言者たりしことを証明するものではないか」(「第三帝国を叫びたるは野の人」『樗牛兄弟』太田資順編・友朋堂・大正四)と証言しつつ、これは華山の「第三帝国論」に先駆ける論ではないかと言っている。そうすると、華山の「第三帝国論」は二番煎じになる。

大町桂月も明治四一、二年頃まで大久保の住人だった。岡落葉によると『田園雑興』といふ文章にこの家のことを書いてゐたと思ふ。当時の大久保の空気は、『田園雑興』といふ標題だけみても創造出来るわけである。桂月氏には親炙する機会がなかつたが、その家の垣根の外で細君が八百屋の車から買い物をしてゐるのをよく見かけた」と追想している。桂月の『田園雑興』については、「大久保の躑躅」の所で触れるつもりだ。

ところで、岡落葉が言うには、画家では、洋画家の三宅克己、正宗白鳥の弟正宗得三郎がおり、尾島菊子が妹と二人で近所に住んでいて、小寺健吉もいた。社殿が西を向いているというのは珍しいことであるらしく、東大久保富士のある西向天神(東大久保)の近くに、パステル画の竹内亀之助が住んでいたという。

その西向天神から望む夕焼けがきれいだった、と伝えられている。永井荷風が「東都の西郊目黒に夕日ヶ岡というのがあり、大久保に西向天神というのがある。倶に夕日の美しきを見るがために人の知る所となった。」(「夕陽」『日和下駄―一名東京散策記―』岩波文庫)と言って、しかし、これは江戸時代の話だと付け加えている。そして、大正二年九月五日の「大窪だより」では、西向天神から望む景観に富士山を添えている。

彼方に大久保の古き名所西向天神の森を望みつゝ首少し差延せば紅に染りし空の端れ紺色に棚曳く夕霞の下立ちつゞく屋根瓦と細かき雑木の茂りし間より折々は富士の頂きを見申候。かゝる山の手の町端れにて屡思ひもかけぬ処に富士を望み候時は全く北斎の錦絵より外にはいかなる名画をも思ひ浮べ不申候」（『荷風随筆』第一巻・岩波書店・昭和五六・一一）。

ついでに言えば、荷風散人が「わが狎友（こうゆう）」と呼ぶ俳人の井上唖々が、西向天神の近くの寓居（東大久保四三八番地）で亡くなっている。大正一二年七月一一日の「断腸亭日乗」に「午後速達郵便にて井上唖々子死去の報来る。夕餉を食して後東大久保の家に赴く。既に霊柩に納めたる後なり。弔辞を述べ焼香して帰る」（『摘録　断腸亭日乗』岩波文庫）とある。

三宅克己は、落葉より前に角筈に住んでいて、それは、淀橋角筈にあった衛生園という大きな西洋館の一室だった。その「衛生園」は、女医の岡見京子によってウィリス・ホイットニーの赤坂病院の分院として運営されたものである。

そして、第二回の文展（文部省美術展覧会）で三等賞に入選した作品は角筈の初冬の風景を描いたものであった。三宅は白馬会にも作品を出していた。しかし、落葉が言うには、和田英作のような画界を賑わすような大作ではなく「画題は何時も住居の付近、淀橋、柏木、角筈の風景の写生画をのみ陳列するに過ぎなかつた」という（文部章美術展覧会）。その三宅に、『思ひ出つるまゝ』（光大社・昭和一三）という自叙伝がある。そこで画趣あるとする大久保界隈を次のように描いている。

> 新宿から角筈、淀橋、柏木、大久保附近には、武蔵野の面影が遺憾無く殘されて、足一度戸外に出れば、自分が描かうと思ふ畫題は、殆ど無盡藏であつた。信州淺間の高原も決して惡くは無いが、武蔵野特有の野趣は、これ又水彩畫題として、寧ろ私達を喜ばせた。殊に大久保の原と云ふ、練兵場の風致は、英國ロンドン西郊ハムステッド・ヒイスの公園に彷彿たる所があり、四季共に寫生畫の練習所として、この位適當な所は無かつた。尚又角筈村を貫流する、昔の玉川上水の流れ、その附近の風景はどれ程寫生しても書き盡せぬ程の風

三宅克己『思ひ出つるまゝ』（光大社）

趣に富んで居た。

また、カメラが好きだった三宅に、『写真随筆籠の中より』（アルス・昭和八・四）という一冊がある。新宿の大通りの同じ場所の「三百六十ヶ月前後」の写真を掲げて、その変遷を実景で証明している。昔の新宿大通り、現在の三越（平成二四年時点・ビックカメラ）あたりは「日向ぼつこをしながら、悠長に往來で子供が遊べたり、檐下で新聞などが讀めた」という長屋風の家並みの風景であったのが、一〇年後の同じ場所は、「迂闊には立つて居られない程の繁激な巷」となって、旧式の自動車が連なっている風景となっている。その写真を掲載した「角筈時代の活躍」という文章で、大久保界隈に残る武蔵野の面影を三宅は偲んでいる。

武蔵野の禮賛者、文豪故國木田獨歩氏の名文によつて、武蔵野の美は汎く世に紹介され、その信者は可なり多かつたものである。さう云ふ自分も、矢張り信徒の一人であつた。武蔵野の俤は、淀橋角筈、中野邊至る所に認められたので、私が信州を引拂つて東京に出て來た時も、直ぐに寓居を角筈に定めたのであつた。くぬぎ林、欅の森、麥畑、細流、その邊一々好圖でないものは無いのである。私は淺間山や千曲川の寫生に稍々手古摺氣味であつたあげく、貪るやうに武蔵野の俤なるものを、寫生したのであつた。實際その頃の角筈附近には、自然美の豊かなものが少なくなかつた。

そして、岡落葉は、何といっても一番文士画家たちが蝟集していたのは、自分の家の界隈であったと次のように言っている。

正宗の家の傍に服部嘉香が居る。当時はまだ十台かと思はれる位、若々しい人であつた。桂月の引越した後、その隣へ吉江孤雁が来る。その近くに佐野天声が居る。天声の名は近頃の人には知られてゐないだらうと思ふが、角田浩々歌客の弟で、当時は小説などを書いて居つた。明治末か大正初あたりには沢田撫松の家があり、その隣に前田夕暮が居つた。水野葉舟の家は少し離れてゐたが、私はよく一緒に戸山の原へ野草を掘りに行つた。

正宗と私とは同居も同じ位なものであつたが、そこへは白鳥、徳田秋江、三木露風、山本鼎、大野静方、中村彝、といふやうな人達が、よくやつて来て気焔をあげた。三木の家はつい近くであつたし、大野は柏木、中村は新宿中村屋の画室に居つたので、いづれも遠くないところであつた。

更に当時の大久保居住者を掘り返して見ると、正岡芸陽が居り、「国書解題」の佐村八郎が居つた。松井須磨子が「サロメ」を演じた時、ヨカアナンに扮した加藤精一が居り、茅原華山の弟で後に日本評論社を創めた茅原茂が居つた。柏木の蜀江が岡には内田魯庵が控へて居る。魯庵の家の辺まで来ると、森の中に疎に家がある程度で、甚だ閑静なものであつた。
当時の在住者で最も話題の多かつたのは岩野泡鳴で、遠藤清子と同棲し、釣鐘マントで元気颯爽と往来してゐた。

落葉の文章に出てくる佐野天声（角田喜三郎）は、落葉が言うように小説家、劇作家で、晩年には時代小説を『講談倶楽部』などに書いている。余談になるが、その兄の詩人で北欧文学者の角田浩々歌客（かくだこうこうかきゃく）は、茅原華山の外祖父で漢学者の田邊直（仙鼠）に、静岡県大宮町の小学校で漢籍を学んだと言っている（『漫遊人国記』東亜堂書房）。
西大久保の地を愛おしんだ水野葉舟については、別項を設けるつもりだ。正岡芸陽は、雑誌『新聲』の主筆でその配下に安成貞雄や白柳秀湖がいた。加藤精一は、七色の声を持っていたと云われる声優で東京放送劇団第一期生の加藤道子の父である。そして、「十日会」について次のように回想している（「十日会の思ひ出」『日本古書通信』昭和三六・二・一五）。

例の十日会は私の大久保時代にはじまつたので、最初は泡鳴の家と茅原茂の家とを会場にしてゐた。第二回目には卅人も集るといふ風で、なかなか盛であつたが、その後は会場を他に移した。この頃にはまだ躑躅園も三四箇所残つて居つたが、だんだんに没落して樹は日比谷公園その他へ身売りせられ、都会の空気が漫潤するやうになつて来た。

郊外に「都会の空気が浸潤する」ようになってきたからだろうか、内田魯庵に次のような移転記がある。当時の文士たちの引っ越し事情がこれで推察できる。

柏木の蜀江が岡にいた評論家の内田魯庵は、大正二年に豊多摩郡淀橋町大字角筈六〇番地に移転し、大正三年一〇月には、淀橋町大字三七一番地に移って、一〇年ばかり過ごし、そして、大正一四年二月に、柏木から大久保百人町に移っている。魯庵が大正一四年五月に、雑誌『女性』に書いた「移転記」には、「浮萍のように転々した家を数えると、東京一五区の中を十区に跨って三十何編移動して」いると言っている（内田魯庵『近代文学研究叢書』31）。

この時代には借家がどこにでもあって、とくに文士たちは仲間を求めて居所転々というのが普通で、金がないせいもあったろうが、引っ越し貧乏で、居を構えるという意識は薄かったようだ。夏目漱石も千駄木町から南町に移るとき、戸川秋骨と一緒に大久保の貸家を探したことがあった。

しかし、「こんな立派な家がそんなに安く借りられる筈はないヨといってその家は全然問題にしなかつた」という。漱石のその言葉に秋骨は、「今日少しくはやる文士の家としてならば、その家はむしろ小さい方なのであるが、当時は先生の位置を以てしても、それは甚だ宏壮とされたのであつた」と言つている（「漱石先生の憶出」『朝食のレセプション』第一書房・昭和一二）。

その同じ秋骨の回想「内田魯庵君」（『朝食前のレセプション』）によると、大正一二年の関東大震災のとき、柏木に住んでいた魯庵が大久保の秋骨宅に見舞いにきたとある。

戸川秋骨の著書

> 大震災の翌日であつたか、当時柏木に居られた魯庵君が、浴衣がけの軽いいで立で、大久保の拙宅まで見舞に来てくれられた。その時玄関に立たれたその風姿は、九月一日の其日と共に私の決して忘れられない追憶となつて居る。

この秋骨の回想には、大久保に仮住まいする文士たちには、とかくメダカは群れたがるという言葉もあるが共同体意識があったように見受けられる。大正一二年九月一日に関東一円を襲った大震災は、東京の下町を焼野原とした。山の手では、新宿の旭町（新宿四丁目）から出火した炎は、現在でいうと新宿東口、新宿二、三丁目と角筈一丁目周辺をなめつくした。類焼した建物には、新宿名物の映画館だった武蔵野館、市電車庫、花園神社があった。罹災戸数約九百戸、罹災者四千人に及んだという（芳賀善次郎『新宿の今昔』）。しかし、戸川秋骨らが住んでいた西大久保界隈は、幸いその被害を受けずに済んだのであった。

大久保村から始まった「十日会」

鴻の巣の提灯あかき雪の日の南伝馬町にいでにけるかも　前田夕暮

先に岡落葉の「明治大正の文士村　大久保」の回顧録を引いて、大久保村に集まった文士について素描した。その文士村に、落葉が幹事役を引き受けた「十日会」という文士たちの集まりについては前に少し触れたが、その集まりのことを回想している「十日会の思ひで」（『明治大正の文士』こつう豆本92・日本古書通信社）という一文がある。まず、大久保村に最初に生まれた文士たちのサロン「十日会」について、落葉の文章を左記に引く。

十日会の起りは明治四十三年頃であつたらう。当時大久保近辺に居つた岩野泡鳴、蒲原有明、戸川秋骨、正宗得三郎の諸君が、毎月集らうぢゃないかと云ひ出して、岩野泡鳴と茅原茂の家に集まつたのに端を発する。茅原茂といふのは華山の弟で、後に日本評論社を創つた人である。大久保の両家を会場にしてゐた時代は、会費参拾銭位の簡単なもので、これは一年位続けたらうか。その内に会員が漸次殖えて茶菓の世話も面倒なのでメゾーン鴻の巣の主人奥田といふ人がフランスから帰つて、鎧橋の近くの日本橋小網町に開店し、その店は岩野君も知つて居れば、私も三宅克己さんに連れられて行つたことがあるので、ここに会場を移した。

この十日会に集まったメンバーを落葉が書き記している。その人物に簡単な肩書きのようなものを付けて左記に掲げる。ただし、実際の会員はこの五倍近くいたという。ここに掲げた人数は五十四人。この五倍というと単純計算で二七〇人となって、この会員が一堂に会するにしては大所帯だ。まず女性から。

小寺（尾島）菊子　小説家。画家小寺健吉の妻。『青鞜』に寄稿。田村俊子、岡田八千代とともに「大正の三閨秀」と呼ばれ、その作品には大久保在住時代のことが書かれている。

今井邦子　歌人。短歌雑誌『明日香』創刊。

秀しげ子　歌人。芥川龍之介が「愁人」と呼んだ女性。しげ子が芥川を知ったのは、「十日会」であったという。

埴原久和代　画家。女性初の二科会会友。

瀬沼夏葉　翻訳家。ロシアニコライ派神学校教授瀬沼恪三郎の妻。チェーホフの作品を始めロシア文学の翻訳が多い。

嵯峨秋子　作家。作品に「淋しき命」。

杉浦翠子　歌人。『短歌至上主義』（のち『短歌至上』）を主宰。

岡本かの子　歌人。「青鞜」に参加。画家岡本太郎の母。

荒木滋子　「青鞜」会員。岩野清子の友人で、荒木郁子の姉。

荒木郁子　小説家。不倫テーマの「手紙」で『青鞜』が発禁に遭う。泡鳴の弟子で第四の愛人といわれ、泡鳴墓碑建立に尽力。

百瀬しづ子（五明倭文子）「青鞜社」。

平塚雷鳥　婦人運動家。『青鞜』創刊。

尾竹紅吉　画家。文芸雑誌『番紅花』創刊。

岩野清子　岩野泡鳴の妻。

このなかで、嵯峨秋子と百瀬しづ子は、当初（旧版の初版）「不詳」としたが、その後ネット検索で断片的な情報を得た。ひとまず補筆した。また、岡落葉が言うには、女性が多いのは泡鳴の関係からだろうと推測しており、「青鞜社」の人がよく来たと言っている。「青鞜社」は、明治四四年に平塚雷鳥を中心とした、赤い気炎を吐いたウーマンリブの女流文学結社である。
男性メンバーは、以下の通り。

小寺健吉　画家（光風会）。小寺菊子の夫。
鈴木亮治　不詳。
大野隆徳　画家。大野洋画研究所設立。
前田夕暮　歌人。西大久保を第二の故郷といっている。
森田恒友　洋画家。美術雑誌『方寸』創刊。
生田葵山　小説家。永井荷風らと雑誌『活文壇』を創刊。
矢崎嵯峨の家　小説家。
在田稠　画家（漫画家）。
鷹見思水　絵雑誌『コドモノクニ』創刊。蘭学者鷹見泉石の曾孫。国木田独歩との交流で知られる。
生方敏郎　随筆家。評論家。雑誌『古人今人』で戦時下に抵抗。
吉江孤雁　仏文学者。後に述べるが、戸山ケ原の風景を書いた文章がある。

西宮籐朝　評論家。翻訳家。

茅原茂　社会評論家茅原華山の実弟。茂と華山については、のちに「大久保文学倶楽部」のところで触れる。

正宗得三郎　洋画家。正宗白鳥の弟。

服部嘉香　歌人。詩人。明治末期から大正初期にかけて詩壇で活躍。

長田秀雄　詩人。劇作家。弟に小説家長田幹彦がいる。木下杢太郎、北原白秋と詩誌『屋上庭園』を創刊。

蒲原有明　詩人。詩集『春鳥集』がある。

長谷川零余子　俳人。長谷川かな女と結婚。長谷川家に入籍改姓（旧姓富田）。

大須賀乙字　俳人。東京音楽学校教授。

室積徂春　俳人。大日本俳句研究会を興す。

江部鴨村　『自然浄土』の著書があり、仏教雑誌社長。

戸川秋骨　英文学者。自伝『そのまゝの記』に大久保時代のことを書いている。

加納作次郎　小説家。短編集『世の中へ』で文壇的地位を確立。

藤森成吉　小説家。劇作家。安部磯雄と日本フェビヤン協会を設立。

石丸梧平　小説家。個人雑誌『人生創造』主宰。

新居格　評論家。戦後、杉並区長。
加藤朝鳥　英文学者。文芸評論家。
齋藤茂吉　歌人。歌集『赤光』、『あらたま』などがある。
仲木貞一　劇作家。演劇評論家。
奥村博史　画家。平塚雷鳥の愛人といわれた人物。
川俣馨一　『山本露滴遺稿集』を岩野泡鳴と共編。
菊池寛　小説家。雑誌『文芸春秋』創刊。
芥川龍之介　小説家。別号に柳川隆之介、澄江堂主人、寿陵余子、我鬼などがある。
久米正雄　小説家。劇作家。俳号三汀。
田中純　小説家。ツルゲネーフの翻訳などがある。
有島生馬　小説家。画家。有島武郎の弟。
佐々木茂索　小説家。戦後、文芸春秋社社長。妻のささきふさ（大橋房子）は、若いとき華山の『内観』に多くの文章を寄せている。
加藤謙　不詳。
竹久夢二　画家。詩人。明治末期から大正初期に「夢二時代」を画した。
岩野泡鳴　小説家。評論家。

画家が目立つ。まだ、新開地ともいえぬ郊外の大久保には、文壇、画壇の新進気鋭が集まって、勝手気ままな熱い気炎をあげていたのであろう。この十日会は、最初から文学的、芸術的な主張などをする集まりではなく、毎月一回集まる茶話会のようなものであった、と落葉は言っている。十日会という命名も特別な意味があったわけではなく、はじめは五日会であったのを、政治家の集まりに五日会というのがあったので、十日会に変えたということであった。

その大久保での十日会は一年足らずで、落葉の文章にあるように、西大久保から会場を日本橋小網町のメーゾン鴻の巣に移した。会場を移した頃の「十日会」の思い出を前田夕暮は、次のように回顧している（『自叙伝体短歌選釈素描』八雲書林・昭和一五・一二）。岡落葉が「先頃岩野泡鳴の息子さんの薫君から来た手紙に、十日会の事を誰に聞いてもよくわからないとあったので」と言うように「十日会」についての伝聞が少ない。夕暮の「十日会」の証言は、そういう意味では貴重である。少々長文だがいとわず引く。

レストラン「鴻の巣」は南傳馬町にうつるまへには、白木のよこの路地奥にあつた。この「鴻の巣」を會場として毎月集る「十日會」なる文壇人の自由會合があつた。最初の主唱者は、岩野泡鳴、正宗得三郎君などであつたが、あとから、室生犀星、萩原朔太郎君なども加つた。私もよく出席したが、なかく愉快な會であつた。この「鴻の巣」は一番最初は河岸向うにあつた。私はそのときはよく知らなかつたが、白木の横町路地に越して來て、「十日會」が出來、その會員になつて行つてみたのは、私の大久保に家をはじめて持つた明治四十三四年頃であつた。岩野泡鳴、正宗得三郎、吉江孤雁、岡落葉の諸君が皆西大久保にゐた明治末年のことで、岩野泡鳴氏が遠藤清子と同棲してゐたころであつた。その後、岩野泡鳴氏は大阪に去り、正宗得三郎君はフランスに行つたりして、メンバアの變遷はあつたが、南傳馬町の表通りに越して、赤い大きな提灯を出す前までは、その「十日會」はつづいてゐた。岩野泡鳴氏が大阪から歸つてきて一時さびれた「十日會」も亦新しく毎月開かれ、葉書一枚出すでもなく、誰が世話人といふでもなく出る人は出た。そのうちに岩野夫人が、清子女史から今の未亡人に變つて行つたりして、可成り波瀾があつた。萩原朔太郎君がマンドリンなどをひいたり、室生犀星君が酔つてチグリースばりに、玩具の拳銃を往來の人につきつけて問題をおこしたりしたことなどがあつて、思ひ出としてはなつかしい限りである。六七年つづいた「鴻の巣」の二階の「十日會」で、顔をあはした作家、詩人、歌人、畫家は随分多數にのぼつた。岩野泡鳴氏の元氣のある笑聲が今でも耳にあり、眼に見える。

前田夕暮は、レストラン「鴻の巣」と言って、「メーゾン」とは言っていないが、文壇史では、「メーゾン鴻の巣」が通称のようである。そして、「メーゾン」という表記は、他の文献では「メイゾン」であったり、「メエゾン」であったりするが、他からの引用文を除いては、落葉の表記に従った。

その「メーゾン鴻の巣」の所在は、現在の地図でいえば、「日本橋兜町の東京証券取引所から人形町方面に渡る橋がある。頭上を首都高に遮られて昔日の面影はないがこれが鎧橋で、「パンの会」をはじめ文士、画家に愛され、「メイゾン鴻の巣」はこの袂にあった。「レストラン＆バーと銘打って、売り物は二階の窓から眺める日本橋の江戸情緒と鴻の巣特有のカクテルやポンチ酒」（『青鞜人物事典』らいてう研究会編・二〇〇一・五）であったという。

そして、その経営者は、奥田駒蔵という駐仏大使館の料理人をしていた人物。料理人をしながらフランス料理を研究し、帰国後、明治四三年に日本橋小網町鎧橋にカフェを開いた。この会場は、大杉栄が大正元年に、大久保百人町の彼の自宅を拠点として創刊した雑誌『近代思想』の同士を糾合した近代思想社の小集会にも使用されていて、近代文学や近代思想の熱気を存分に吸っている。あの『青鞜』の同人の尾竹紅吉が飲んで、一躍、青鞜の名を高からしめた「五色の酒」は、奥田駒蔵の調合したカクテルであったと伝えられている。

野田宇太郎の近代文芸青春史研究である『パンの會』（六興出版社・昭和二四・七）のなかで、木下杢太郎が詩集「食後の唄」の序文で「鴻の巣」について言及していると言っている。その冒頭部分を引く。

そのころ日本橋も小網町のほとりに鴻の巣と云ふ酒場が出來た。まづまづ東京最初のCAFEと云つて可い家で、（尤も主人はバア、キァフェなどと呼ばるるを厭うて、その菜単にMAISON KONOSUなどと綴らせた）その若い主人は江州者ながら、西洋にも渡り、世間が広く、道楽気もある気さくな亭主であった。

しかし、この「パンの会」は、この店を会場としてはあまり使わなかったと野田宇太郎は言っている。「鴻の巣には如何にも新時代の空気は漲つてゐても、情緒がなく、詩的な要素が見出されなかつた為でもあつたらう」とその理由を説明している。また、大正六年六月、この「鴻の巣」で、佐藤春夫らの発起により、芥川龍之介の『羅生門』（阿蘭陀書房）の出版記念会が開かれている。「十日会」は、その後万世橋の「ミカドホテル」に会場を変えて、関東大震災の後、落葉が幹事役を降りたのをシオに自然消滅した。永井荷風が時の移ろいを語って、「メイゾン・コオノス」にふれている文章がある。

現代の日本ほど時間の早く経過する国が世界中にあろうか。今過ぎ去ったばかりの昨日の事をも全く異った時代のように回想しなければならぬ事が沢山にある。有楽座を日本唯一の新しい西洋式の劇場として眺めたのも僅に二、三年間の事に過ぎなかった。われわれが新橋の停車場を別れの場所、出発の場所として描写するのも、また僅々四、五年間の事であろう。今では日吉町にプランタンが出来たし、尾張町の角にはカフェエ・ギンザが出来かかっている。また若い文学者間には有名なメイゾン・コオノスが小網町の河岸通りを去って、銀座付近に出て来るのも近い中だとかいう噂もある。

この文章は、荷風が明治四四年七月に書いた「銀座」(『日和下駄』)という随筆のなかにある一節である。明治年代の時計の針は、長針と分針とがゆっくりと時を刻んでいたように後世の者には思える。大久保文士村もゆったりとした時間のなかで文士たちが過ごしたように思える。しかし、明治一二年生まれの荷風が「現代の日本ほど時間の早く経過する国が世界中にあるだろうか」というように、そこで生活している人々にとっては、時の流れが早いと感じている。とすると、忙しなく生活している平成年代の時計は、アッという瞬間に時を刻んでいる秒針を基準に動いていることになるのだろうか。それにしても、アナログの時代とデジタルの時代との落差には、人生の機微といったようなものの喪失があるような気がしないでもない。

坪内逍遥が賛助人の「大久保文学倶楽部」

如月や電車に遠き山の手のからたち垣に三十三才鳴く　　木下利玄

「大久保郊外と言えば、天下にその名の高い小説家である」。この一行、生方敏郎の「大正八年夏の世相」（『明治大正見聞史』中公文庫）という文章の惹句である。この「大久保郊外」が、作家の固有名詞だと合点がいくのに、郊外の大久保を話柄としている私としては、一瞬、手間取った。「大久保郊外」とは、秀抜な警句、風刺で「大正の齋籐緑雨」といわれた生方敏郎その人の仮の名なのであろう。こういう名前の主人公を登場させるのは、やはり郊外の大久保には、売れない小説家が住んでいたということになるかも知れない。

それはさておき、十日会がメーゾン鴻の巣に移った後、引き続き西大久保に留まって、茅原茂の家を主な会場として文士が集まったのが、「大久保文学倶楽部」である。この文学倶楽部は、大正八年に日本評論社を創業した茅原茂が、明治末年に西大久保の自宅を開放して主催した、文士のサロンであった。茅原茂については後述するが、この「大久保文学倶楽部」についての新情報が旧版以降に得られたのでここに補筆する。

政治学者の中村哲の「民友社遺聞」(『明治への視点 『明治文學全集』月報より』筑摩書房)で新宿の山の手界隈を回顧しながら次のような注目すべき発言をしている。

大正二年の『大久保誌稿』をみると、明治四十三年坪内逍遥、大町桂月、水野繁太郎、上杉慎吉らが賛助して茅原茂なる人が大久保文学クラブを作り、会員二百名で文庫を設け、雑誌図書の回覧をしたとある。

この情報は捨てておけぬと新宿歴史博物館に出向いた。

その前に少々煩瑣になるが、『新修新宿区町名誌―地名の由来と変遷―』(新宿歴史博物館)によって「大久保文学倶楽部」の所在を確かめておく。文学倶楽部のあった「西大久保」は、「明治以降は、西大久保を三つに分け、中央部(現在の大久保一丁目・二丁目)を中通とした。西大久保の中心の町という意味で、主要道の大久保通りが東西に通っている。中通の北側(現大久保三丁目)は中通の北という意味で字北裏とし、同様に中通の南側(現歌舞伎町二丁目)は字南裏となった。明治二二年五月一日の町村制施行で、東大久保、西大久保、大久保百人町が合併して大久保村となり、西大久保は大字となった」とある。
その大久保村の地誌には『大久保村誌稿』と『大久保町誌稿』があり、中村哲がいう『大久保誌稿』は、保坂三男衛編の『大久保町誌稿』（明治三八・九・三〇発行）で、「総論・東大久保・西大久保・百人町・附録（大久保町圖）」からなっており、「西大久保」の項に大久保文学倶楽部のことが次のように記録されていた。

大久保文學倶楽部　字北裏百七番ニ在リ明治四十三年四月ノ創立ニシテ坪内逍遥、大町桂月、水野繁太郎、菊地駒次、上杉愼吉其ノ他知名ノ士ガ賛助ノ下ニ茅原茂氏主トシテ經營ノ任ニ當ル目下會員二百餘名讀書趣味ノ普及ト體力養成ノ將勵トガ二大目的ニシテ文庫ヲ設ケテ一般公衆ノ讀書に便ジ會員ニハ集配人ヲシテ雑誌圖書ヲ配布回覧セシム「テニスコート」アリ野球「グランド」アリ普通會費一ヶ月金五十錢嚢ニ郊外ノ發展トシテ大久保淀橋地理風景繪葉書ヲ發行シタルガ大正元年十一月機關雑誌郊外新報ヲ刊行シ同二年新東京と改題セリ

茅原茂の「大久保文学倶楽部」がひとつの記録として正式に書かれているのはこれが最初かもしれない。倶楽部の創立発起人のような立場にある人物の略歴を次に掲げる。

坪内逍遥　評論家・小説家・劇作家。シェークスピヤ作品の翻訳で有名。
大町桂月　和漢混淆（こんこう）の独得な文体で紀行文などを書く随筆家。
水野繁太郎　ドイツ語学者。
菊地駒次　外務事務官・東北大学講師・西大久保八五番地に住んでいた。
上杉愼吉　憲法学者。

また、文面でもわかる通りこの組織は市民を啓発する民間のボランティア活動のような様相を呈している。しかし一方では、この集まりが文壇的な文士の集まりのように伝えられているのだ。例えば、明治四三年三月二三日の『東京朝日新聞』が報じる「大久保文學倶楽部設立」の記事によると、『大久保町誌稿』と違って次のように文壇色が濃い。

今回在大久保（前住者共）の娯楽場として西大久保九四に大久保文學倶楽部を設置せるが既約の賛成會員は秋骨桂月嶺雲泡鳴嵯峨の家、天聲薫園嘉香落葉紫山他十名なり。

ここに賛成会員として登場する十名の人物をフルネームで記すと次のようになる。戸川秋骨、大町桂月、田岡嶺雲、岩野泡鳴、嵯峨の屋おむろ、佐野天聲、金子薫園、服部嘉香、岡落葉、堀紫山の面々である。もう少し当時の新聞が報じている「大久保文学倶楽部」を見てみよう。

●現代文士録刊行　大久保文學倶楽部にて編纂中なりし「現代文士録」は全國の文學者、新聞雜誌記者並に新方面の畫家千有餘名の雅號、住所等を網羅し之れを清楚なる手帳形とし住所移動の場合に訂正追記する余白を備え外に「約束日」「其の折々」等平生携帯して随感随記するに適するやう製本し近日京橋區南傳馬町育英舎より發賣すと（『東京朝日新聞』明治四五・六・九・朝刊）

この『現代文士録』（明治四五・六・二〇発行）は、国立国会図書館デジタルコレクションで閲覧できる。当代の小説家、評論家、詩人、画家たちの氏名、住所が登録されている。ここに登録されている茅原蘭雪（茂）の住所は「東京市外西大久保一〇七」とあり、茅原華山の住所は、「東京市牛込區拂方町九」である。そしてあとがきに相当する「最終に」という文章で、『全國文藝雑誌一覧』を掲載する予定だったが再販の時に持ち越すと注記してある。

なお、発行所の大久保文学倶楽部の住所は「東京府豊多摩郡大久保村西大久保百七」とあり、茅原茂の自宅住所と同じである。国立国会図書館デジタルコレクションで閲覧できる「東京市及接續郡部地籍地圖」（東京市區調査會・下巻）の北裏西部の地図には、地番が一番違うが「百八番地一」に「大久保文學倶楽部」と書き込まれている。これを明治四四年当時の「東京府豊多摩郡淀橋町、大久保村」(『新宿区地図帳―地図で見る新宿区の移り変わり―』)で照合すると、現在の大久保通りに面した大久保二丁目一八番地あたりに該当する。

●郊外新報　大久保文學倶楽部にては郊外住在の文士畫家援助の下に「郊外新報」と題して趣味生活を鼓吹する倶楽部式の最も賑やかなる文藝中心の雜誌を來る十一月より毎月一回發行する由(『東京朝日新聞』大正元・十・四・朝刊)

この『郊外新報』は未見である。岩野泡鳴の「目黒日記」(大正元・一〇・一八)に、「茅原氏へ新刊雜誌郊外新報への原稿と廣告」とあるから、刊行されていることは間違いないだろう。

●大久保文學倶楽部　府下西大久保の同倶楽部にて増築落成並に創立一周年記念として一六日(日曜)新築會場にて闘球會を二十三日(日曜)にテニス會を催ふす、何れも飛入随意の由(『讀賣新聞』「よみうり抄」明治四四・四・一三)

●大久保の洋畫展覧會　青年畫家藤田、小寺、鈴木の三氏が發起となつて昨日から三日間大久保文學倶楽部に第一回の洋畫展覧會を開いた。大久保の秋景色を見晴す各室内に中澤、三宅、正宗、南諸氏以下の繪畫數十點を懸け連ねてあつたが、その中で正宗氏の海は極めて小さな物であるが、甚だ感じの好いものであつた。藤田氏の「湖畔の朝霧」は木立の中に霧の立ちこめた柔らかせうな色合いが多くの人の眼を惹いた、また同氏の「兵士」の顔附き工藤氏の「濱邉」の船の形、小寺、田崎氏の花等夫々能く出來て居た。中澤、三宅氏の水彩畫南氏の倫敦、巴里の風景畫は何れも淡さりして美しかった（仲生）（『讀賣新聞』明治四四・一〇・二九）

この洋画展の時の記念写真が残っていた。茅原茂宅の縁側に椅子を並べて、それぞれ羽織袴姿で撮ったものである。その写真の裏面に「明治辛亥秋十月　大久保文學倶楽部　第一回洋画展覧會紀念撮影　右より藤田嗣治、茅原茂、鈴木秀雄、小寺健吉　紫明會之を記る」とある。

実はこの大久保文学倶楽部については知ることが少なく、詩人田中冬二の評伝『郷愁の詩人田中冬二』（筑摩書房・一九九一・一二）を書いた故和田利夫氏からその存在を尋ねられて、後にふれるが若き冬二が通った文学倶楽部を調べたのであった。

ところで、明治四二年一二月九日、遠藤清子と「霊と肉」の問題を抱えていた岩野泡鳴は泡鳴が見つけてきた、戸山射的場近くの東京府豊多摩郡大久保村大字西大久保一五八番地の家に転居

第一回洋画展覧會記念撮影（茅原明子氏提供）

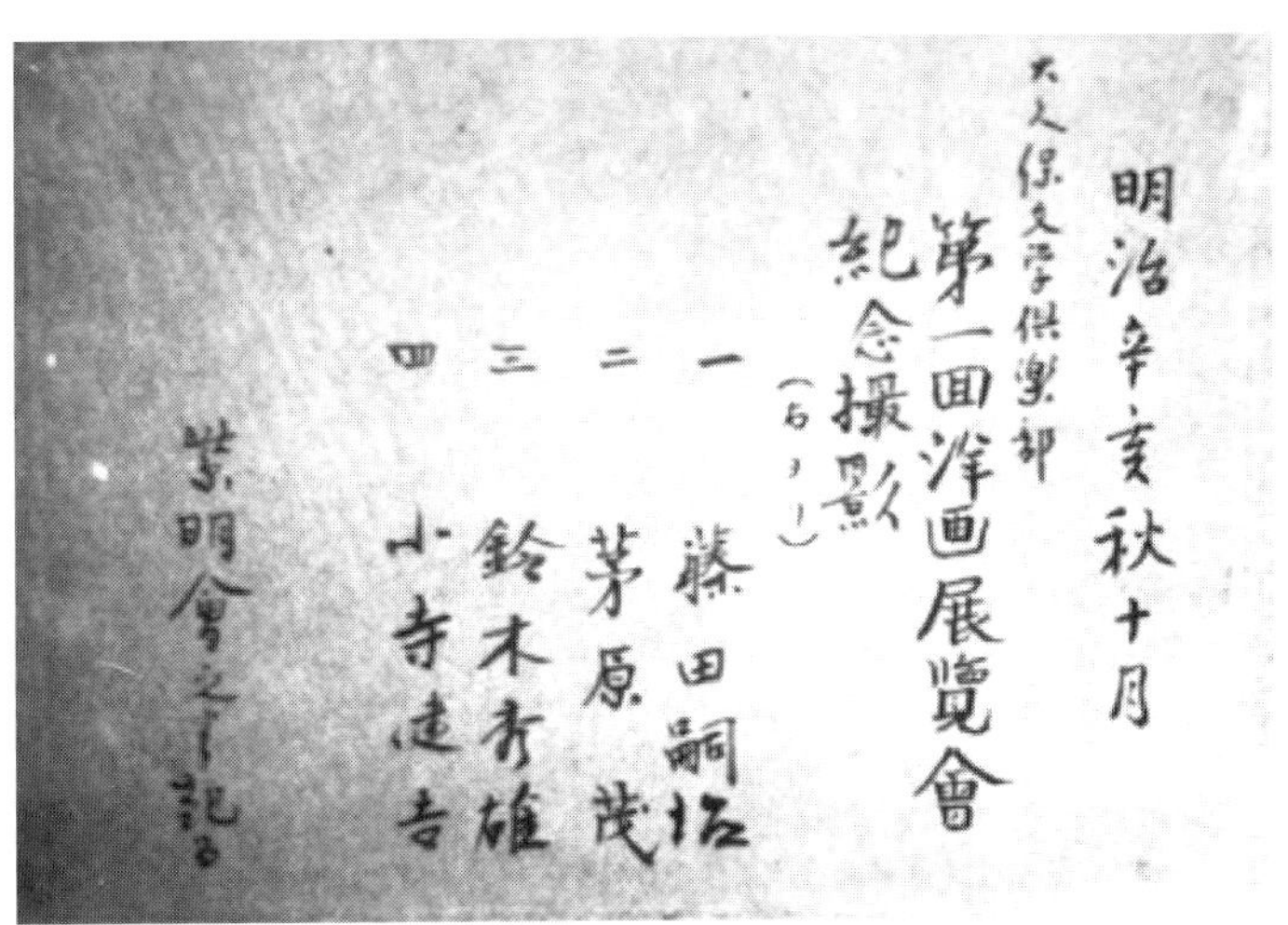

写真裏面に記入された参加者たち

してきた。その時の模様が次のように描かれている（伊藤整『日本文壇史』第15巻、講談社文芸文庫）。

二人は荷車より先に西大久保の家に着いたが、冬の夕方で、すでに暗くなっていた。差配から提灯を借りて二人はその家に入り、蕎麦をとって夕食にした。夜の七時過ぎになってやっと清子の荷が着いた。その家は、明治三十八年に島崎藤村が小諸から上京して住んだ家からあまり遠くない所で、六畳と、茶の間の四畳半と書斎兼客間に使えるような八畳の三室があった。泡鳴は八畳に寝て、清子は六畳に寝ることにした。泡鳴の荷物はまだ届いていないが、ともかく二人の同棲生活が始まった。この家には三坪ばかりの庭があり、杉の木が三本風情もなく植えられてあった。左隣には「中央新聞」の記者中田貞市が住み、右隣には黄という孫逸仙の仲間の日本語のうまいシナ人が住んでいた。このとき岩野泡鳴は数え年三十七歳、遠藤清子は二十八歳であった。

その遠藤（岩野）清子が西大久保に住んでいたときの生活記録、「今日西大久保に移轉した」（明治四二・一二・九）という記事から始まる『大久保日記』（『愛の争闘』米倉書店出版部・大正四・一一）がある。岩野泡鳴との同棲関係を自己の日記を公開することによって、彼女の私的生活を赤裸々に告白したもので、女性問題や貞操問題を社会に提起したことで話題を呼んだ。

この日記では、自分のことを「清」と表記しているその「清子」の愛情に関する煩悶、懊悩などの記録が克明に記されている。その懊悩を癒すかのように、清が通った大久保文学倶楽部のことや清の家を中心とした文士往来録が綴られている。華山や茂も登場する。

その「日記」に最初に大久保文学倶楽部のことが登場するのは、明治四三年三月二一日、「文章世界の清水陸男氏が來た。主人が留守なのでお気の毒した。大久保倶楽部から主人にお迎へがあつたがこれもお断はりした」とあるのから始まる。その「日記」から大久保文学倶楽部の様子を拾いながら、大久保文士村の文士たちの動向を素描する。

清は、時々、近くの「萬年湯」（西大久保一八一番地）という銭湯に行く。その銭湯へ先に行った水野葉舟が脱衣所で、「僕は十三巻貫四百匁だ」というと、主人の泡鳴が「僕は十三貫六百匁だ。君に二百匁だけしか多くない」と羽目板越しに、二人のやりとりが女湯にいる清に手に取るように聞こえてくる（明治四三・六・一〇）。

ある時、茅原茂の墓を訪ねて大久保通りに面した金龍寺に行った。応対した住職に「萬年湯」を尋ねたら、「そこ」と指さされた目と鼻の先に「万年湯」と書かれた煙突が立っていた。

この銭湯のことは、戸川秋骨の随筆「泡鳴君の墓石」（『朝食前のレセプション』）にも出てくる。秋骨と泡鳴とが「萬年湯」の湯船につかりながら、磊落放縦な泡鳴には打って付けだと、秋骨が「この銭湯で懇親會を催さないか」という素裸体の懇親会を提案したというのである。実際には実現しなかったのだが、銭湯での裸の文士懇談会が実現すれば、面白い逸話が残っただろうにと思うと、ちょっと惜しい気がする。

もうひとつ、秋骨に「銭湯日記」（『太陽』明治四三・一・一）という文章がある。二月一日、昼から銭湯に来た水野葉舟と吉江孤雁とをつかまえて、政治談義をしている。紀元節と憲法発布のことにふれて、秋骨が「憲法發布は僕等には昨日の事のやうだが吉江水野の兩君の如きは、當時未だ鼻垂し小僧あつたに違ひない。諸君にはこれが立派な過去の歴史と思はれるであらう、然し僕には現在のことである」と自分が歴史の現場に自覚的に立ち合っていたことを自負している。余計なことだが、世代の断絶はこういう意識が作用するのかもしれない。

文学倶楽部では文学講話を開いたが、仲間たちの娯楽も盛んだった。闘球や囲碁をやっており、テニスコートが出来て、清がコートに出かけている。「主人と客（平塚断水）」は大久保倶楽部に玉突きに行く。私もお伴して拝見した。断水氏は主人よりお上手だつた」（明治四三・五・九）とあるように玉突きもやっている。また「闘球」という遊びが以下のように出てくる。

吉江孤雁氏來訪。闘球をした。近來大久保に住む主人のお友達連中では、闘球が流行になつた。散歩して文學倶楽部に行つた。倶楽部の前の田に螢がしきりと飛んだ（明治四三・八・七）。

大久保の文藝家連中の闘球會が文學倶楽部で開かれた。會したるものは、吉江孤雁氏、前田夕暮氏、中田貞市氏、神崎沈鐘氏、桝本清氏、柳川氏、倶楽部の會員鈴木悦氏と田中某氏と私達二人とであつた。水野葉舟氏は、夫人御出産後のおとりこみのため不參だった（明治四三・一二・一一）。

冒頭にちょっとふれたが、闘球の参加者のなかの「田中某」が田中冬二ではないかと推測して、冬二の評伝を書いていた和田利夫さんの問い合わせに答えたのであった。和田さんはそのことを『郷愁の詩人・田中冬二』（筑摩書房）に書いてくださった。その冬二も参加しているこの闘球は、コリントゲームに近い遊びだ。窪田空穂が国木田独歩を回想した文章にその説明がある（「思い出す人々」『窪田空穂文学選集』春秋社・昭和三三・一〇）。

闘球盤といっても、今はすたってしまったので、知らない人が多かろう。模擬玉突きで、その単純な点、まさに子供の遊戯道具である。ざっというと、茶ぶ台の上に盤が載せてあり、盤の中央に穴がある。その周囲に釘が四本立っている。また、盤には円い線が三つ引いてあり、第一線は釘に沿ったもので円が小さい。第二線はそれより大きい円。今一つの第三はさらに大きい円で、それが盤の構成の全部である。別に現在のパチンコにそっくりの玉が二種あり、紅白に染め分けてある。二人相対して、その玉を第三線の上に置き、中央の穴をねらって指ではじいて点を奪うのである。中央の穴へ入れると十点、第一線内は五点、第二線内三点、第三線内一点で、敵の玉をこちらの玉で穴に入れると二十点という規約であった。単純だが思うようにゆかないところが、飽かせず後を引かせる。

「大久保日記」に左記のような記述がある。これによると明治四四年四月が文学倶楽部開設の一周年記念だとすると、前年の四月、すなわち明治四三年四月が倶楽部の創設記念日になる。

倶楽部の一週年の祝ひを兼ねた闘球會から度々使が來たので、午後一時半頃から出かけた。多田鉄雄氏が五人抜きで琥珀を贏ち得たのと、鈴木悦氏が一等で時計をもらつたのが当日の華であつた（明治四四・四・一六）。

五人抜きで勝った多田鉄雄は、大正期の小説家、詩人。創作集に『河豚』がある。鈴木悦は労働運動家。田村紀雄の評伝『鈴木悦―日本とカナダを結んだジャーナリスト―』（リブロポート）がある。また、左記のような演芸会の模様を「大久保日記」が伝えている。

今日は文學俱楽部の演藝會が高千穂小學校で催される日である。主人と私は茅原氏のお頼みで、會の斡旋をすることになつてゐるので、午前十一時から會場に出かけた。主人の紹介で北村季晴氏が演奏をした。來會者は六百名ばかりであつた。北村季晴氏夫妻及び天野初子氏等のピアノ、バイオリン、合奏もあつた。北村氏の鷗劇ドンブラコ、及季晴氏獨唱の勸進帳とが、當日の秀逸であつた（明治四三・一一・二三）。

会場とした高千穂小学校（西大久保三一〇番地）というのは、川田鐵彌が開校した現在の高千穂大学の母体である。そして、当日の秀逸であったという季晴の「ドンブラコ」は、桃太郎をモチーフとした歌劇であった。北村季晴（きたむらすえはる）は、江戸中期の国学者で、松尾芭蕉を弟子にもつ俳人であった北村季吟の裔で作曲家だ。ある古書店で出た明治三四年五月発行の季晴の『勧進帳』（JAPANESE DRAMATIC MUSIC・KWANJINCHO）という楽譜を買い求めたら、それは五線譜に採譜してあるもので、「たびのころもはすずかけの〜」にオタマジャクシが付いている。

そして、三味線の本調子は、洋楽音階では「シミシ」で、二上りは「ミシミ」だと、三味線調弦法の指示が五線譜に示されている。長唄、清元、常磐津などの採譜を試みた北村は、日本歌劇のさきがけとなる「ドンブラコ」を作曲したというのだから、ヴァイオリンが伴奏する勧進帳であったかも知れない。

娯楽、演芸の話が先行したが、「泡鳴氏は大久保文學倶楽部へ、自作の喜劇脚本「ゑんまの目玉」を朗讀しに行つた」（明治四四年二月一九日）とあるように、文学作品の朗読や文学講話もあった。この『閻魔の目玉』の梗概と批評が左記のように紹介されている（『日本文壇史』第20巻）。太宗寺が大徳寺となっているのは、創作のためだろうか。

新宿大徳寺の貞観和尚は赤坂の芸者であった鈴子を引かせ、婆やと、凡の十六日の夜、酒をのんでいた。ここの閻魔堂が寺の財産であるが、制叱迦童子も、矜羯羅童子も、盗難にあい、閻魔の金無垢の眼玉も、盗まれた。いまは金鍍金の眼玉をはめているが、盗難を怖れて、朝晩、入れ外しすることにしていた。猿芝居の太鼓の音で幕のあいた当日、眼玉を入れ忘れて、早じまいにするといった喜劇であった。舞台効果はあるが、泡鳴らしい持味は案外に少ない平凡なものであった。

そして、文學倶楽部での文学講話の様子については、詩人田中冬二の『三國峠の大蠟燭を偸まうとする（散文詩集）』（岩谷書店・昭和二二・七）の「ランプの下で讀んだ本」に若き日に通った文学倶楽部のことが回想されている。冬二は、倶楽部のことを「文學會」と言っている。

文學少年時代を東京で過ごした私は、丁度その頃大久保にあつた文學會へ土曜日によく出掛けたものである。文學會は戸山ケ原に近い處で慥か茅原華山氏の舎弟かの住居であつた。そして歸りには其處の蔵書を幾冊か借りて來るのである。そこで私は文科大學生達の中に混じつて、柳川春葉氏や斉藤弔花氏等から文學談や當時の文壇の模様を熱心に傾聴したものである。

齋藤弔花氏は國木田獨歩について交友関係から作品に亘り詳細に語られた。氏は私達への講話の間供の人力車を態々表に待たせて居られた。郊外の夕暮れが蒼然とせまつて講話がすみ、私達が外へ出ると、つづいて出て來られた氏は人力車に乗らずに、暗くなつた生籬の道を私達と共に歩きながら文學に志す若い者の道を諄々と説かれた。

あとにつづく人力車の黄色ぽい提灯がその記憶と共に浮かんでくる。

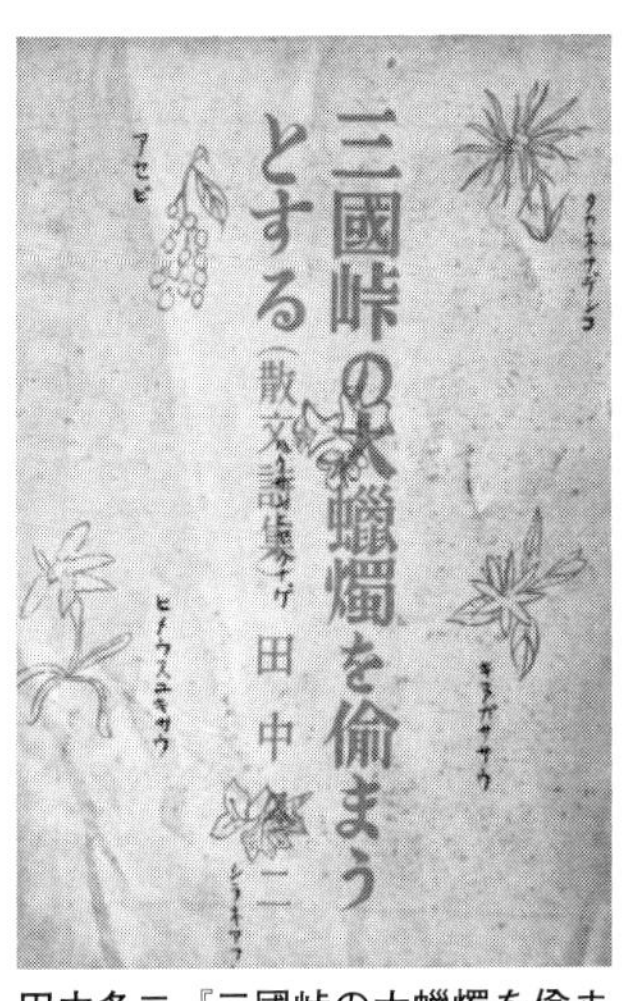

田中冬二『三國峠の大蠟燭を偸まうとする（散文詩集）』（岩谷書店）

この斉藤弔花を始めとして大久保文学倶楽部の

主立ったメンバーは、岩野泡鳴、清子、水野葉舟、神崎沈鐘（画家）、徳田秋声（小説家）、柳川春葉（小説家）、徳田秋江（小説家）、平塚断水（冒険小説）、正宗得三郎、吉江孤雁、前田夕暮、中田貞市（『中央新聞』記者）、桝本清（新時代劇協会・劇作家）、鈴木悦（小説家・労働運動家）、そして若き日の田中冬二らであった。

この文章を書いているとき、明治期の大久保界隈の写真を探しに、日本古書通信社の樽見博氏と新宿歴史博物館を訪ねた。その時見せて貰ったアルバムのなかに、大久保文学倶楽部の絵はがきが一枚あった。これには一驚。茅原茂の自宅と思われる庭から縁側の方を撮したもので、洋画会の写真と同じ趣である。左端には田中冬二が借りたであろう本棚も写っている。そして、清たちが遊んだテニスコートも写っていて、倶楽部の会員が並んでいる。資料というのはこまめに探せば出てくるものだとつくづく思った。

ところで三宅克己によると、絵はがきが流行り出したのは、明治三六・七年頃からで、大橋光吉経営の「はがき文學社」から水彩画風景の絵はがきを依頼されて、飛ぶように売れたと言っている。「はがき文學社」の大橋光吉は、明治三七年一〇月、『ハガキ文學』という雑誌を創刊している。発行所は「日本葉書會」。創刊の趣意は、「冗漫にして無用の言語」を排し、「文章の形を限りて短小し、浮辞を除き緊密素朴を旨とす」るにあった（杉本邦子『明治の文芸雑誌──その軌跡を辿る──』明治書院）。国木田独歩、岩野泡鳴、大町桂月、水野葉舟などが稿を寄せている。

ちなみに、官製絵はがきが発行されたのは、明治三五年。逓信省が「萬國郵便聯合二五周年」を記念したものが、初めてということであるらしい。

絵はがきは、その時代の風景、風俗を実写したものが多い。既になくなっている建物や記念のイベントの模様なども、時代考証の意味をもって残されている。実は、茅原華山と石田友治とで大正二年に創刊した雑誌『第三帝國』の創刊記念の絵はがきが出ているはずなのである。しかし、長年探しているが、いまもって手にしていない。だから、大久保文学倶楽部の絵はがきを見たときは、感慨一入のものがあった。

さて次に既に引用したのもあるが、ついでに泡鳴、清との「文学倶楽部」への交流を「大久保日記」から拾っておく。

○私の散歩の留守に吉井勇氏と茅原氏が來られたさうだ（明治四三・三・一八）。
○大久保倶楽部にテニスコートが出來た（三・二六）。
○水野葉舟氏をお誘ひして三人でテニスコートへ行つた（四・一）。
○主人は正午から大久保文學倶楽部に行つた（四・三）。
○今日は大久保文學倶楽部の例會だからコートに出掛けた。徳田秋聲氏と柳川春葉氏もお出でだつた（四・一六）。

○主人は文學倶楽部に行かれた（四・一七）。
○主人は文學倶楽部に行った。主人の妹が來たので躑躅園を案内した（五・一）。
○倶楽部の茅原氏が斉籐弔花氏を同伴してお出になつた（五・三）。
○主人と客（平塚斷水・筆者注）は大久保文學倶楽部に玉突きに行く（五・九）。
○主人は文學倶楽部に行った。文學倶楽部から正宗氏御同伴で歸宅した（五・一四）。
○齋藤弔花氏來訪。茅原氏來訪（五・一七）。
○主人は大久保文學倶楽部に行く（五・一二）。
○主人文學倶楽部に行く（六・五）。
○文學倶楽部に碁會あるので主人はお出掛け（七・三）。
○吉江孤雁氏來訪。闘球をした。近來大久保に住む主人のお友達連中では、闘球が流行になつた。散歩して文學倶楽部に行つた。倶楽部の前の田には螢がしきりに飛んだ（八・七）。
○筑紫園に菊花があると文學倶楽部の茅原氏から聞いたので直ぐ出掛けた。種類はすくないが出來は中々よいのがあつた（一一・七）。
○文学倶楽部へゆく。茅原華山氏にお目にかかつて、外國の繪葉書を説明して頂いた（一一・二一）。
○今日文學倶楽部で茅原華山氏の發起の會がある筈になつてゐる。主人は其一人だと云つて正午過ぎに出ていつた（明治四四・二・二六）。

○泡鳴が「華山君の宅へゆかう」と云はれるので同行した。華山氏のお宅は二十騎町にあつた。神楽坂で電車を下りて徒歩した。華山氏は毎週此日に會合することにしてゐるのだと云ふ（三・一八）。

○茅原華山氏來訪。茅原氏英佛獨露などの、個人主義の弊害を論じて、『社會問題も婦人問題もすべて經濟難、生活難から來るのだ。個人制度は子供を犧牲にする』などと自説を開陳。清子は、異論あるが茅原氏と論じ合ふ程のお楽しみもないから、默つて聞いてゐた（三・二三）。

文学倶楽部で流行した「闘球」のことは前に触れた。このように岩野泡鳴は、しばしば大久保文学倶楽部に出掛けている。そしてまた、「華山君の宅へゆかう」（明治四四・三・一八）と言って牛込十騎町の華山を訪ねている。また、華山も泡鳴宅を訪ねている。

この「大久保日記」には、泡鳴、清たちが大久保周辺を散策し、四季の様子を女性特有の感性で描いている。それをいくつか紹介する。次の文章で「四人」というのは、泡鳴、清、前田夕暮、水野葉舟である。明治末年の郊外西大久保の冬景色が現出している。

○水野氏が大久保の雪と月を眺めやうと發議なすつたので四人して出た。雪はガラスのやうに凍つてゐた。水晶宮の中を歩いてゐるやうだ。鬼王神社の前から、島崎藤村氏の舊宅の前を通つて、高千穂小學校の前で前田氏とお別れした。月が更くるに従つて冴え、雪はますく光つて、人間の世界から遠く離れたやうな心持ちがした（明治四二・一・二六）。
○夕ぐれ戸山の原を一緒に散歩した。夕陽が小さい鳥居の立つてゐる森の間に沈みかけてゐた。目白につゞく一帯の麥圃はもう充分に熟してゐた。馬鈴薯畑には白く花がついてゐた。雲雀が私達の頭上で囀づつてゐた（明治四三・六・八）。
○今朝初霜が下りた。そのためか急に寒さがまして冬らしくなつた。庭の向日葵も枯れた。コスモスもすがれた。又暗い冬が來のか（一一・四）。
○大久保文學倶楽部の前の田で蛙が鳴き始めた（明治四四・四・一〇）。
○東の窓から目をはなつと、文學倶楽部の通りの八重櫻が少女の頬のやうな色をしてゐた（四・一二）。

ところで、新宿払方町生まれで、三重吉の『赤い鳥』に詩稿を寄せた詩人西條八十（さいじょうやそ）も大久保文士村での交流があったらしく、娘の西條嫩子（ふたばこ）の『父西條八十』（中公文庫）にある「憧憬の大久保文士村」で、次のように語っている。

大久保の文士村にはそのまた昔、明治四十年頃、恩師吉江孤雁氏が独身で西大久保に下宿していた。ちょうど新大久保から戸山ヶ原へ出るあたりであったらしい。国木田独歩氏もその付近に住んでいた。父はよく中学校の教師である吉江氏を訪ねる時、すれちがったが、小柄でちょびひげをはやして目だたない人であった。きっぱりした美しい眼のひらめきが忘れがたかったと言っている。

詩人、尾崎喜八の義父である小説家水野葉舟氏も付近に住んでいて父は孤雁氏と共に葉舟氏のかるた会へ行ったそうである。葉舟氏は稀な美男で与謝野晶子女史も彼を讃えたことがあるという。その頃、葉舟氏の小説「黄昏」は非常な評判だったそうだ。

また当時の尖鋭な評論家前田晃氏や若山牧水と並び称された歌人前田夕暮氏もその辺にいたようである。そして新大久保から、牛込(新宿区)若松町を中心に数多い文士が住んでいて大久保クラブに集まっていたらしい。大久保クラブではみな投扇興という京都風の風雅な遊びを楽しんでいたようだ。

吉江孤雁や水野葉舟には後で登場してもらうが、ここに出てくる大久保クラブが茅原茂の大久保文学倶楽部かどうか分からない。それに岩野清の『大久保日記』には、「闘球」の話はよく出てくるが、京都趣味の「投扇興」の話は出てこない。しかし、大久保クラブというと、他に見あたらない。

それからまた、『読売新聞』の司法記者で、『大正婦人立志傳』（大日本雄辨會講談社）や『變態刑罰史』（文藝資料研究會）などの著書を持つ、澤田撫松も大久保百人町にいて茅原茂と仲が良く、新大久保の「全龍寺」の墓域に二人の墓が並んで弔はれている。その茂の墓碑には、書家で茂の弟に当たる『千字文考正』（東學社）を持つ茅原東学（幹・三樹）の揮毫による、兄の閲歴とともに、次のような辞世の一句が彫ってある。

あはす手にはらりはらりと落葉かな　　蘭雪

茅原茂（蘭雪）のことなど

ひさびさに街出でくれば郊外に落葉するもの盡くせりけり　中村憲古

さて、墓に詣でたついでに、やや遅ればせながら、大久保文学倶楽部を主宰した茅原茂についてそのプロフィールを以下に紹介する。

茅原茂は、明治・大正期に言論界で活躍した茅原華山の実弟である。明治九年五月一五日の生まれ。筆名を小松蘭雪といい、若い頃は俳句を好み、明治三三年から三七年頃までは、博文館に籍を置き、雑誌『少年世界』に「米国鉄道王」、「少年水夫」、「アイヌの話」などの少年向けの話を書いていた。その後は『毎日新聞』、『中央新聞』、『大阪新報』などの記者をした。

この新聞記者時代に、松崎天民が『国民新聞』の走り使いをしているとき、広津柳浪、小杉天外などともに、茅原茂などの諸家を見たと回想している（『記者懺悔　人間秘話』新作社）。

そして、大正初年に東京近郊の商業を中心とした情報を提供する雑誌『東京評論』を主宰するかたわら、大正五年七月、華山が創刊した旬刊雑誌『洪水以後』の改題誌『日本評論』を継承主宰して、大正八年には、出版社「日本評論社」を創設している。
この日本評論社が創設当時の出版物を拾うと次のようなものがある。

秋田雨雀、仲木貞一共著『戀の哀史―須磨子の一生』
安成二郎・竹久夢二挿画『戀の絵巻』
室伏高信『デモクラシー講話』
森律子・竹久夢二装丁の『妾の自白』
山川菊榮『婦人の勝利』
金子洋文『力の勝利』

この他に、窪田空穂の『青水沫』を大正一〇年に刊行している。この事について、空穂は、「思い出すことども」(『窪田空穂文学選集・四』春秋社)で、刊行した日本評論社にふれて「当時の社主は茅原茂君といい、茅原華山の弟で、以前独歩社に同僚として勤めていた人で、知人であった」と言っている。茂が国木田独歩の「独歩社」に勤めていたとは初耳であった。このことについては、独歩のところで詳しくふれる。

また、大正一一年に与謝野晶子の『夢の草』を刊行している。この縁があったのか、与謝野晶子の『人間禮拜』（天佑社）に登載されている「初島紀行」で、「偶然この伊豆温泉の相模屋へ泊り合せた五人――臺灣総督府の石井光次郎さん、日本評論社の茅原茂さん、野口米次郎さんの令兄である高木藤太郎さん、それに私達夫婦が――昨夜からの突然な思ひ立出で、三里先きの海上にある初島を観に行かうと決めたのです」と、茅原茂が登場している。

茅原茂が創設した日本評論社については、美作太郎の『戦前戦中を歩む―編集者として』（日本評論社）の「日本評論社前史」で当時のことが回顧されている。また『出版人物事典』（鈴木徹造・出版ユース社）にも「茅原茂」の項があり、小田光雄の『近代出版史探索Ⅲ』（論創社）に「茅原茂と日本評論社前史」という一文もある。さらに、石堂清倫の『我が異端の昭和史　上』（平凡社ライブラリー）に、「日本評論社で出会った知識人群像」という鈴木利貞社長時代を回想した興味深い文章がある。なお、ついでに言うと、鈴木の『出版人物事典』で茂が携わった雑誌『日本評論』についての記述に事実誤認がある。同誌については、『日本評論』復刻版（不二出版）の附録『『日本評論』解説・総目次・索引』の「解説」（茅原健）を参照されたい。

茂にはまとまった著書というものはないが、茅原茂述『カード式読書法―カード・インデックスの実例』（東京・世界思潮研究會―世界パンフレット通信号外）というのがある。大正一二年五月の発行。著者の肩書は、世界思潮研究会主宰・日本評論社社長の茅原茂。編修兼発行人は、野沢源之丞。印刷人は鈴木利貞である。

　ところで、茂の肩書にある世界思潮研究会は、「最も經濟的の讀書を欲する人々に資するため、廣汎なる最近の著述から、現在に最も重要なる材料を簡約し、重要と最新と簡約の三條件を基礎とし、世界思潮研究會なるものを起こし、即ち要、新、簡の三者を結晶せしめる世界パンフレット通信を始めた」という読書界に対する進取の趣意を述べている。

　第一号は、『過激主義と支那』（張東蓀・稲葉君山訳）である。このパンフレットは、一〇〇冊ぐらい刊行されている。ざっと見ると、『アンリ・バルビュスの藝術と思想』（小牧近江）、『エスペラント講話』（川原治吉郎）、『最近ロシア文學の意義』（片上伸）、『新舊藝術の交渉』（有島武郎）、『プロレタリア文學綱領』（平林初之輔）などがある。そして、このパンフレットの監修は、大正期の精神主義を思わしめるスタッフで、君山・稲葉岩吉（東洋史学）、孤蝶・馬場勝彌（英文学）、長瀬鳳輔（老莊會）、曙夢・昇直隆（ロシア文學）、煙山専太郎（政治学）らが就任し、編集主任は大畑達雄という布陣である。この研究会は出版史的には見逃せない存在だと思われる。ちなみに、編集主任の大畑は、『日本評論』の編集長であったが、日本評論社社長の鈴木利貞と折り合いが悪く退社。昭和七年「大畑書店」を創設。瀧川幸辰、平野義太郎、長谷川如是閑、戸坂潤などの著作を出版している。

　それに、茂はエスペランティストでもあった。日本エスペラント学会に所属し、その普及

「大久保文學倶楽部」を主宰した茅原茂

運動に強い関心を持っていた。世界思潮研究会の主席を務めるかたわら、金田常三郎の『獨習自在　國際語エスペラント講義』を出版し、石黒修を編集主任として、『正則エスペラント講義録』や月刊誌『エスペラント研究』の発行にも関与した（『日本エスペラント運動人名小事典』日本エスペラント図書刊行会・一九八四・一一）。その後、『日本エスペラント運動人名小事典』を補筆改定した決定版ともいえる『日本エスペラントと運動人名事典』（ひつじ書房・二〇一三）が刊行され、そこにも補筆された「茅原茂」が立項されている。ちなみに、これに関連しては拙稿「エスペラント余話」（『日本古書通信』二〇一六・九）を参照されたい。

また、茅原茂の死去については、『讀賣新聞』に「死亡記事」ではなく追悼文が載っている。この扱いは珍しいことのように思われ、それを左記に全文引き写す。

◇茅原茂氏逝く　本郷區弓町日本評論社社長茅原茂氏は豫て喉頭癌を患つていたが四日午前零時半ついに逝去した享年五十舊幕臣の次男、最近數年間に中央出版界でめきめきとその堅緻な手腕を發揮し將來大いに嘱目されていた新人であつたが惜しいことをした、殊に目下同社では「通俗經濟講座」の豫約募集を非常な好成績で締切つたばかりであり旁々氏の力量に俟つこと甚だ少なからざる場合まことに痛惜に堪えない、併し遺業はリツ子夫人始め社員一同によつて着々完成されつゝある。支那漫遊中の令兄華山（廉太郎）氏急遽歸國の途についた、告別式は六日同社にて擧行（大正一四・四・五）。

右の文中にある茂の妻「リツ子夫人」についても『讀賣新聞』に、「その面影」と題した紹介記事が掲載されている。茂の訃報はともかく、その細君のゴシップが顔写真（省略）付きで掲載されているのはやや意外の感なくもないが、これも全文転載する。

茅原律子　夫人年三十、信州飯田町の元結問屋平栗卯八氏の第三女で、女子大學校家政科を卒へるや、郷里に歸つて飯田高等學校で家事、割烹の科目を教へて居たが、今回外國語學校教授水野繁太郎氏の媒介で去月二十七日茅原茂氏と華燭の典を擧げた。今回夫人が教育界を去るに就いては同郷の教育者達が大分異議を稱へたさうであるが、夫人はただ一言「趣味の生活に入りたいから」と答へたさうである。只夫人の心を最も苦しめた事は一年の時から教へ導いて來た現在の五年生達が明春ならば一緒に學校を出ることが出來るのに今自分等計り取残されて悲しいと云つて泣き附かれた時である。夫人は性質温順で音楽其他の嗜みが淺くない（明治四四・一二・一七）。

ドイツ語の水野繁太郎が媒酌しているのは、明治四三年四月に茂が立ち上げた大久保文学倶楽部に、坪内逍遥、大町桂月らと水野も賛助していたことからの縁だろう。

この信州飯田の元結問屋の三女平栗律子の実家の筋から律子の甥、平栗要三が「日本評論社社史」の一人物として登場する。日本評論社の社史は多分存在しないだろう。ここでも詳しくは述べないが、社長の茅原茂没後の経営者布陣を略記しておく。

茅原茂は嫡子に恵まれなかった。そこで律子の甥平栗要三が上京して日本評論社に入社し、茂が刊行する月刊誌『エスペラント研究』編集発行人などになって、出版業の仕事を修業した。そして茅原茂の養子となって茅原要三を名乗った。茂没後の日本評論社は茅原要三が継ぐものと思われたが、そうとはならず、日本評論社の社員であった岩手県水沢出身の鈴木利貞が茂の後釜として社長の椅子に座った。その辺の事情はつまびらかにしない。先に挙げた一時日本評論社に籍を置いた美作太郎の著書に「新人・鈴木利貞の登場」という文章があるだけである。

大久保文学倶楽部の話から横道にそれたが、文学倶楽部の主宰者茅原茂の周辺事情も話柄の参考になると思って少し加えた。

ついでに言えば、古書店で入手した『日本評論社創業満二十周年記念　特賣目録』（日本評論社昭和一三）が手元にある。その後、鈴木利貞の養子で第三代の社長に就任した鈴木三男吉氏から『日本評論社発行書目―付全集・双書内容―（大正8年〜昭和20年）』が贈られてきた。これは意外なことだった。その書目に添えて、日本評論社の前史・創業から本郷弓町時代の社史が出版物を中心に克明に追ったメモがある。

そして、これは偶然に知ったのだが、七戸克彦（九州大学院法学研究院教授）の「日本評論社初代社長・茅原茂と第二代社長・鈴木利貞について（一）」・「日本評論社・旧社時代出版目録（一）」（『法政研究』第八五巻二号・九州大学法政学会・二〇一八）、「同（二）」・「同（三・完）」（『法政研究』第八六巻一・二号・二〇一九）という論考がある。

この論考は、末広厳太郎の責任編集からなる『現代法学全集』は、日本評論社の社長鈴木利貞が企画したことから、「出版史的アプローチ」として、茅原茂・鈴木利貞社長時代の日本評論社について調査・検証したものであると、七戸はその「序論」で述べている。かなり綿密な書誌もあり優れた考証となっている。

なお、東京評論社の別動隊と思われる「城南益進會」から『四谷総案内』（大正四・一一）が刊行されている。この「益進會」という組織は、当初、茅原華山が主盟とした『第三帝國』の同人組織の発行所名であった。その後、同誌が分裂して、華山主宰の継続誌『洪水以後』の発行所は、「一元社」となり、益進會は、茅原茂が主幹する『東京評論』の発行所として継承された。

そこで、『四谷総案内』だが、編纂人古山省吾、発行人茅原茂、印刷人野澤源之丞。発行所は城西益進會である。凡例に「本會は東京評論の公益的刊行物の第一着手として、御即位大典を紀念とし、四谷の歴史、地理、各所舊蹟は勿論現在の商工業其他一般の事績を資料とし、四谷を紹介する目的を以て編纂せり」と謳っている。

国木田独歩、鰻丼の「大久保会」

山林に自由存す
われこの句を吟じて血のわくを覺ゆ
嗚呼山林に自由存す
いかなればわれ山林をみすてし

と詠った、国木田独歩の名作『武蔵野』（民友社）によって、詩情豊かな自然の地形を形成する雑木林のある武蔵野が有名になった。この武蔵野は独歩が明治二九年に住んだ東京渋谷村の「天晴れ、風清く、露冷やかなり。満目黄葉の内緑樹を雑ゆ」の武蔵野である。その面影を残す萱原や櫟林のある新宿大久保村に文士たちの集まりがあった。先に述べた岡落葉の「十日会」と茅原茂の「大久保文學倶楽部」がそれであるが、他にもう一つ文学会があった。国木田独歩の「大久保会」である。独歩が、明治三九年に創業した「独歩社」が破産して、明治四〇年一月二三日に、西大久保一三三番地に転居してきた。引っ越し好きの独歩最後の住まいで、その時に出来た集まりである。

木城・前田晃は、牛込で火事に遭い、大久保に越してきた。その前田の目に浮かぶという独歩は、「西大久保のお宅の書斎の縁側に、丹前をはおつたままで、しゃがんで、朝日をまともに浴びながら、あたまをごしごしかいてゐた」が、大久保に来たのは、東京の中でも一番空気が好いという「転地」の意味もあった。前田木城の次のような回想もある（「大久保時代」『趣味』明治四一・七）。

朝など早く起きて、原を一まはりして、吉江の家を起し、「此の大久保に住むで居るのも、來年は如何なるか分らない。自然の趣きに富むだ大久保の新緑を寐て過すなどは、實に以ての外だ。是非朝早く起きて、新緑に滿された自然の研究をし、爽やかな朝の空気を呼吸し玉へ」と云はれたこともある。

明治四〇年一一月、太田瑞穂の媒酌により、妻さだを迎えて西大久保二〇五番地に新居を構えた吉江孤雁と、明治四〇年一月に西大久保に転居してきた水野葉舟とが世話役となり、会費五十銭の「大久保会」というのを国木田独歩が発起となって開いた。その時のことを、明治三九年九月に山口高校教授の職を辞して上京し、大久保仲百人町一五三に居を構え、そこではじめて独歩に会った戸川秋骨が「大久保時代の独歩氏」(『新潮』国木田独歩特集号・明治四一・七・一五)で次のように追想している。

獨歩氏の發議で、吉江孤雁氏水野葉舟氏などの世話役で、大久保會なるものが開かれた。回數は僅か二回であつたが、中々面白い會で、之れは大久保に居る文士連中が集つて雑談するのである。會は獨歩氏の宅で開いた。酒は出ず唯饅飯を食つて菓子をつまみ、茶を啜ると云つたやうな、極めて簡単な、而も清楚な會であつた。自分や大町桂月氏などは老人連中で、其所他の若い人々たちとはどうも話の調子が合はない。全然二つに別れると云ふでもなく、其所が妙な工合であつたが、獨歩氏は其中間に立つて、例の調子で、中々斡旋の勞を取られたのである。

この「大久保会」での老人連中と若い人たちとの「話の調子が合わない」様子を具体的に描いている文章がある。

その大久保会の晩、独歩は蒲団を二枚重ねて、床の側に座を占めていた。集まったのは、いずれも大久保辺に住んでいる文士で、一番年長者は、先頃雨声会で独歩と同席した数え年三十九歳の大町桂月、次は三十八歳の戸川秋骨であった。あとは若い文士たちで二十八歳の吉江喬松、二十五歳の水野葉舟、二十九歳の前田晁、二十四歳の片上伸などであった。この中で大町桂月は文壇では最も先輩で、島崎藤村の友人なる戸川秋骨とともにその他の若い文士たちとは話が合わないようであった（『日本文壇史』第11巻）。

斗酒鯨飲して「大久保党」といわれた血気盛んな若手が、茶菓と鰻丼では、談論風発の気勢も揚がりようはなく、そのうえ文壇的には下座に坐る雰囲気では、話が合うはずもなかったであろう。秋骨の「銭湯日記」にあった、葉舟、弧雁を鼻垂れと見る年長者の気分である。

独歩は、「年配の桂月に気を配り、桂月が登山好きであることを知って、若い頃に登った阿蘇山の話などをした」というから、吉江孤雁や水野葉舟たちの折角の独歩を慰める会も、盛り上がりに欠けたものであったようだ。

ところで、『国木田独歩研究』（不定期刊行・私家版）の冊子を出して、国木田独歩を精力的に論じ、『国木田独歩―比較文学的研究』（和泉書院）がある旧知の研究者に芦谷信和がいる。その芦谷に「国木田独歩の気質的側面」（『論考日本文學』立命館大学日本文学会・一九六二・三）という論考がある。病理法により独歩の性格を分析したものだ。簡単に言えば、独歩は「陽気型の躁鬱質」だと言う。

その気質は「管鮑の交わり」があった田山花袋を始め、多くの知人、友人に囲まれて社交性に富んだ関係を形成しているという。独歩社が破産した後、病状もかなり進んでいたが、「大久保会と称する大久保在住の文士達の会を組織して、自宅にその第一回会合を開いて交遊をはかったりした」独歩は、座談に長じて、話題も豊富で「彼は胸襟を開いて語り、あるいは友の胸奥を叩いている。彼は友との間に牆を設けなかった」とその人柄を分析している。大久保会で年齢差のある世代の断絶があったが、独歩はその間を取り持つように、話題を変えたりしていろいろと気を使って「斡旋の労を取られた」と戸川秋骨が言っている様子はすでに述べた。

また、大久保党の一員であった野口雨情が、大久保会について回想している。「噫独歩氏逝く」がそれである。この一文は、明治四一年六月二七日付けの『北海タイムス』に掲載されたものである（野口存彌『父野口雨情―青春と詩への旅』筑波書林・一九七九・一）。

西大久保へ移つて間もなく大久保会なる所謂食道楽会（但し竜土会に倣つたもの）を組織した。会員は戸川秋骨、大町桂月、片上天弦、水野葉舟、吉江孤雁、前田木城、窪田空穂等で私も又その一人である。

雨情は独歩の「大久保会」を食道楽会と理解していたらしい。病身の独歩を労るという会の趣旨は、若い連中には伝わっていなかったのだろうか。

ところで、雨情がいう龍土会というのは、田山花袋の「龍土会」（『東京の三十年』）によると、麻布龍土町のフランス料理の龍土軒で文学者たちが集まっての文学談を交わしたことから、その名が出来たと言っている。はじめは、画家たちの集まりであったらしいが、蒲原有明が幹事役をやり、島崎藤村、中沢臨川、川上眉山、岩野泡鳴、柳田国男などが集まり、国木田独歩も来た。外国文学の小栗風葉や生田葵山も来たという。巷間伝えるところによると、近松秋江が「自然主義は龍土軒の灰皿から生まれた」と言ったことから、「龍土軒」は、自然主義文学発祥のトポスといわれていたようだ。

また、もう少し詳しい「龍土軒」由来を解説しているのに、『日本近代文学大事典・事項』（講談社）がある。それによると、会場を龍土軒に移すまでに次のような経緯があった。初めは牛込牛加賀町の柳田国男の家に、国木田独歩、田山花袋らが集まって、文学談議を楽しんだのであったが、だんだん参加者も増えて、麹町のイギリス大使館裏にあった西洋料理の快楽亭、牛込赤城下の清風亭、鬼子母神の焼鳥屋と会場を移し、明治三七年一一月二二日、幹事役を引き受けた蒲原有明が龍土軒を会場として、風骨会と名付けて会合をもったのが定例会となったということである。

それはともかく、雑木林がつらなる武蔵野は、文字通り独歩の名作『武蔵野』（民友社）により後世に遍く知れ渡った静寂古雅な風景であった。その独歩は、武蔵野の面影を残す大久保が好きだったらしく、「僕は大久保が好い、大久保が一番好きだ。出歯亀があつたつて何があつたつて、僕は少し身体が好くなつたら是非一度大久保に帰る」と療養先の湯河原から云ってくるくらいで、「竹の木戸」は、大久保時代の作品である。

ここに出てくる「出歯亀」というのは、明治四一年三月二二日に、豊多摩郡大久保村字西大久保に住む電話交換局長の妻ゑんが殺害された事件で、東大久保に住む植木職兼鳶職の池田亀太郎が銭湯の女湯の覗きをやって、湯上がりのゑんに目を付けて暴行絞殺したという、当時としては、センセイショナルな事件であった。

西大久保の書斎に於ける独歩（明治40年・『日本文学アルバム18 国木田独歩』新潮社より）

平成六年に刊行された『岩波国語辞典』で「でばかめ」と引くと、「女ぶろをのぞくなど、変態的なことをする男をののしって言う語。▽池田亀太郎という出っ歯の変態性欲者の名から。」という説明がある。しかし、物的証拠もなく、自白の事実を否定して、結局、減刑保釈となったが、どうも無実の罪という説が有力であるらしい。それにしても、百年後の辞書に残る事件だったのである。その大久保を自慢する戸川秋骨の「清浄な郊外」（『そのまゝの記』）を少し引用しておこう。

大久保は池田龜太郎君を以て天下に名を得たが併しながら此處には如何はしい巣窟や女などは居ない。出齒君はたまくこゝの清浄なるを示すものである。況んや此處はまた故小泉八雲氏の居を卜した地で、氏の遺族はなほ此處に居られるのみならず、外國觀光の客の氏の舊居に順禮するもの中々少なくないと云ふ事である。さらにこゝは社會が清浄であるとと共に空氣も清浄である。

そしてこの大久保には黒煙を吐く製造工場などがなく、「立木の多い事であらう。殊に自然そのまゝの姿を殘して居る戸山の原を控へて居る事は、充分の自慢の一となしうる事と思はれる」と無条件に賛美している。

その大久保が大好きな独歩が湯河原から帰って来て、吉江孤雁たちが訪ねて来るのが三日も間が空くと淋しがったという。その頃のことを吉江は、戸川と同じく『新潮』の「國木田獨歩特集號」で次のように回想している。

湯ヶ原から歸つても、矢ツ張り淋しがられて、よく夜だの、朝早くだの訪ねて來られた。私達の行くのが三日も間があると、何故近頃來ないのかと云ふぐらゐであつた。大久保會と云ふものをこしらえたのは其時である。何所か躑躅園邊りの家を借りて開くつもりであつたが、其運びに至らず、獨歩氏の宅で第一回を開いた。当時既に酒が悪いからと云つて、會でも決して酒は飲まないことにした。其時に集つたのは大町、戸川、片上、水野其他の人々であつた。其夜は獨歩氏の九州旅行の話やなんかで、別に大した話はなかったやうに思ふ。

独歩の「九州旅行の話」というのは、大町桂月に話を合わせた、阿蘇山のことだろう。集まった人々のうち、大町桂月は「大久保の躑躅」のところで紹介するが、美文で知られた随筆家。戸川、水野は、前に少し紹介したし、後にも登場するのでここでは省く。片上伸（天弦）は、ロシア文学者で、夏目漱石の『吾輩は猫である』に登場する越智東風のモデルといわれている。早稲田の同窓で、現代の論壇からは等閑気味である評論家の杉森孝次郎（南山）とともに早稲田大学高等予科で英語の講師をしていたころで、西大久保三四〇番地に、これも早稲田出身の詩人で、日本女子高等学院（現・昭和女子大学）の創設者である人見東明と同居していた。

片上は大久保に越してきた独歩に会ったときの印象を「酒を呑んでいる所は元気らしかったが皮膚に艶がなく、声もひくく病気らしいね」と独歩の病気を予告していたという（片上伸『近代文学叢書』28）。

後年、国木田独歩を回想した窪田空穂の文章（前出）で、独歩の生活者らしい一面を紹介している。前田晃が独歩を訪ねて雑談をしていた折、米屋の小僧さんが、注文の米を持ってきて、これまでの貸し越しを半分で好いから払ってくれ。さもないと米は置いてくるなと主人にいわれた旨を告げると、独歩は、強い調子で、「この家の払いが少し延びたからと言って、お前の店がつぶれてしまう心配は無いだろう」と言い、さらに語気を強めて、他の店では米は持ってこない、「お前の店までが持ってこなくなると、この家の者はみんな飢え死にしてしまう。どっちが大きいかお前だってわかるがろう?」と言ったという。窪田は、独歩の金銭感覚の問題として、このエピソードを紹介している。そして、当時の西大久保に集まった文士の様子を次のように回想して、独歩の借家の間取りも説明しているので併せて引く。

国木田独歩の西大久保の家は、今はどの辺にあたっているか、年久しくその地を踏まないので、そらでは見当もつけかねる。とにかく当時の西大久保は、貧しい者の代名詞のようになっていた文学青年の好んで住んでいた所で、私には親友関係となっていた吉江孤雁、前田晃、水野葉舟など、みな西大久保の小さな借家に住んでいた。誰も内心には、一種の寂寥感を蔵していたので、よく往ったり来たりしていた。現に私にしても、独座に堪えないような気がする時には、西大久保へと回って、そちらへ脚を向けた。往けば誰かがいるような気がするからであった。

そうした場合、私一人でも、また仲間の誰かと連れ立ってでも、おりおり独歩の家を訪問した。独歩の家は、私達仲間とほぼ同じ程度の小家であった。一間道路に面して、青垣根で仕切った三室か四室くらいの平屋であった。そのころは貸家は幾らでもあり、したがって家賃も安かった。独歩の家は家賃十五円程度の家で、二十円はしなかろうと見えた。書斎は広く、八畳ではなかったかと思うが、これが家の主室で、客室でもあり、寝室でもあったろう。装飾品は何もなく、机が一脚すわっているだけで、がらんとして広く感じられた。

この頃の独歩は病状優れず、人生について考えることが多かったようだ。吉江孤雁が出先からの帰りに独歩の所に立ち寄ると、これから君の所へ行こうと思っていたところだと言って、大久保の闇の通りを歩きながら、「個人々々なんて云ふ者は目的を以て生きていくものだが、人間が全体として何を目的に進んで行くのであらうか、自分は一念其所に思ひ至ると、人生の空漠たるに、実に堪へられない感じがして来る」と、しみじみと言ったという。独歩、晩年の精神的孤独が、大久保の暗い夜道に包まれて揺曳しているようだ。そして、夕方に話に行くと独歩は言った。

今日、朝早く起きて、幾年ぶりで自然界に彷徨ひ、自然にゆつたりと包まれたやうな気がした、そして朝の戸山ヶ原に立つて、青葉若葉の香ひを嗅ぎ、蒼茫極りない空を見て居ると孤独の感に堪へないで、ホロホロ涙がこぼれて堪らかつた。

独歩と親しかった齋藤弔花に、『國木田獨歩と其周囲』（小学館・昭和一八）という一冊があり、独歩の様々な顔が語られている。その本の口絵に小杉放庵の描いた、鳥が一羽空を横切る雑木林の盛り土のようなところに、帽子を被り、コートに身を包んで、ステッキをもったハイカラな独歩が座っている、《雑木林の獨歩》と題した軽妙なタッチの一枚である。写真で見る印象とは違う西洋人風の独歩だ。

雑木林の独歩（小杉放庵画）

やがて独歩は大好きな大久保を去る決心をする。「明治四十一年二月三日。獨歩さんは大久保の寓居を去つて、宿痾を養ふために茅ケ崎の南湖院へ行った」。この一文は、前田晁の「茅ケ崎に於ける國木田獨歩」の書き出しである（『明治大正の文學人』砂子屋書房）。前田は吉江孤雁などともに大久保で独歩が開いた「文学会」の常連で、独歩を敬愛していた。その独歩の病が篤くなり大久保を去って、茅ケ崎の南湖院に入院した独歩を見舞いに行っている。その見舞の記を日記風に書いているのがこの文章である。いろいろな話を病身の独歩としている。しかし、病状優れぬ独歩との会話は途切れ途切れになって、気息奄々の状態の時もある。そして、「六月二十四日、昨日の午後八時四十分、獨歩さんは遂に歸らぬ人となつた」と書きとめた。

そのころは獨歩も生きてこの村に聖書よみけんこすもすの花　金子薫園

齋藤弔花の「余は東京を愛す」(『獨歩と武蔵野』晃文社)によれば、「獨歩は最後の病床に横たはりながら、しきりに東京を戀しがつた」らしく、「一日も早く東京に歸らんことをのぞみ、場所を大久保或は高輪、家を西洋室、或は和風室にと四五日間その話のみ暮らす」という日々を送ったが、それは叶わぬ夢となった。

この弔花の『獨歩と武蔵野』の一冊は、独歩その人を語って余すところなく、また、独歩の『武蔵野』の解説書の趣もあり、それに「その頃の東京市外」などでは、大久保に流れていた蟹川は登場しないが、東京市外の流水についても詳しく述べている。

そして、大久保文士村とは直接関係はないし、独歩論を語るわけではないが、「聖書よみけん」と独歩を詠んだ金子薫園の短歌に関連して、独歩の「毅然」に言及している斎藤弔花の「祈り得ぬ獨歩」を左記に添える。

キリスト者のいふところの神の願ひ、祈りさへ彼の信念は斥けた。病苦に堪え得て、輾轉する時、恩師植村正久は枕頭に彼を訪ふて、彼の爲に祈り、且つ君も共に祈れと云つた。獨歩は微笑し。

「先生は唯禱れといふ。禱れば一切のことが解決するだらうか。それは實に安易な事である。しかし私は禱れない。祈る文句は極めて簡易。而かも祈りの心は得難い。私の求むるところは、その祈り得ぬ心を救つて戴きたいことです。それです。衷心から禱りを捧ぐることを得たならば、その時は初めて直ちに救はれ得るだろう」

そして彼は恩師の手を握つて泣いた。

獨歩はいかなる場合でも自らを欺けない人であつた。

新宿西大久保に「島崎藤村旧居跡」がある。しかし、「国木田独歩旧居跡」の碑がない。独歩の文学碑は、武蔵野市の中央線三鷹駅北口と、玉川上水の桜橋の近くにある。大久保をこよなく愛した独歩の碑が西大久保にも欲しい。

後日談だが、独歩の死後、二、三年経ってから、弟の収二が岡落葉の世話で大久保に住んだ。

その借家の家主は秋山という酒屋で、偶然にも、兄の独歩が住んだ借家も同じ家主であった。独歩が転地療養のためその家を引き払うとき、滞っていた家賃の引き替えに箪笥や寝具を差し押さえられたという因縁があったとは知らなかったと、回想している（『獨歩の身辺』こつう豆本・91、日本古書通信社）。

ところで、『『食道楽』の人 村井弦斎』（岩波書店・二〇〇四・六）という傑出した評伝がある黒岩比佐子氏の著書に『編集者 国木田独歩の時代』（角川選書・二〇〇七・一二）がある。そこに、国木田独歩が編集責任者になっていた「近事画報社」に言及して、同社の執筆者であった坂本紅蓮洞が雑誌担当編集者を紹介している文章（『趣味』一九〇八・八）が引かれている。それによると、『婦人画報』は枝元枝風、『新古文琳』は吉江孤雁、『遊楽雑誌』は平塚篤、『実業画報』は茅原緑、『富源案内』は佐藤青衿、『少年知識画報』は石井研堂、『少女知識画報』は海賀変哲が担当し、坂本紅蓮洞は『美観画報』を担当したとある。このなかで、博捜の黒岩さんが「来歴未詳」としているのは、「茅原緑」だけである。その後、近事画報社が経営困難となったが、独歩はどうしても雑誌刊行を継続したいという強い願望があり、独歩社の設立のために「屋根裏会議」といわれた会議を開いた。その旗揚げの打ち合わせに参加したのは、「近事画報社の落武者連」といわれた、満谷国四郎、鷹見思水、枝元枝風、茅原緑、小杉未醒、吉江孤雁らだった。黒岩さんが来歴未詳としている茅原緑がここにいる。それに面白いことに、黒岩さんが国木田治子による独歩社創設から解散までを書いた小説『破産』に登場する人物のモデルを検証しているのだ。例えば、「久保さん」は、「江木の友達の久保という人が入社した。この人は和歌の名人だ」とあるのをこれは歌人の窪田空穂と想定している。そして、悪役として登場する「竹原さん」は、「この人を知っている限りの人で、此の人の事を悪くこそ言え、決して可く言う人は一人もいなかった」と酷評され、明治四〇年の独歩社の社用年賀状には、枝元枝風や茅原緑の名前が消えているから、「竹原」は、途中退社した茅原緑だろうと、黒岩さんは推定している。

この茅原緑の件で黒岩さんとメール交信をしたことがある。というのも、茅原緑は、窪田空穂が「知人」と呼ぶ茅原茂ではないかと見当をつけたからである。それは、吉江孤雁の紹介で独歩社に入った窪田空穂が回想録の中で日本評論社にふれて、「当時の社主は茅原茂君といい、以前独歩社に同僚として勤めていた人で、知人であった」(「思い出すことども」『窪田空穂文学選集四』春秋社)と証言しているからである。私が茅原華山の孫だと名乗ったせいもあってか、驚いた黒岩さんは、「竹原」と「茅原」の語呂が似ている推定に過ぎないと恐縮気味だった。そして、「私は黒岩涙香とは関係ありません」と付け加えてあった。

茅原茂は、「蘭雪」という俳号を持っていたが、「緑」という別名を使った例は知らない。しかし、茅原という苗字は、鈴木、松本のようにそうざらにある名前ではない。とすると、「竹原」が茅原緑かどうかは特定できないものの、茅原緑は茅原茂と見て間違いないような気がする。

そしてこれは、大久保文士村界隈余談のようなものだが、ある古書店のツイッターに、独歩の『運命』に「茅原兄」と署名した献呈本の書影が載っていると、日本古書通信社の樽見博さんが教えてくれた。早速、それを見ると、なるほど確かに「茅原兄」と署名がしてある。

この「茅原兄」が茅原華山か茅原茂かは特定できない。国木田独歩は明治四年生まれで、華山は明治三年生まれだ。そして、茂は明治九年生まれ。独歩が「兄」と敬称するのは年齢からいえば華山だろう。しかし、独歩が明治三二年に報知新聞社に入社して、政治・外交面を担当する一時期があったとしても、その頃、『日刊人民』新聞にいた華山と新聞人としての交流があったかどうかは不明だ。献呈本への署名は、年下であっても儀礼的に「兄」と書く場合があるだろう。ということを鑑みると、大久保文士村や独歩社の関係から、『運命』の署名献呈本は、茅原茂と見た方が自然のような気がする。もっとも、独歩の知己に「茅原」という他の人物がいれば話は別だが。

大町桂月、絶賛の大久保の躑躅

大久保や躑躅の道を問はれ勝　高浜虚子

大町桂月（おおまちけいげつ）は、明治三六年に豊多摩郡西大久保四四七番地に転居してきた。その時の様子を陶淵明の「帰去来辞」に比すべき名作と弟子の田中貢太郎が評したという「田園雑興」（『太陽』明治三五・一〇・五）で次のように述べている。

東京の西郊、花園神社の傍、市街をはなれて、一宇の茅屋建てり。屋外、凡そ千坪前に葡萄棚あり。後に竹林あり。梅や、櫻や、柿や、栗や、松や、檜や、椿や、楓や、無花果や、百日紅や、其間に簇生す。四顧たゞ木立を見て、人家を見ず。環堵蕭然、何となく我心に適する處なり。

桂月がやや自嘲気味に引越して来た家を「環堵蕭然（かんとしょうぜん）」と荒れ果てて狭く質素な家に例えたその家の周辺は、明治初年ころは農産地として米、大麦、小麦などが作物として収穫され、とくに、東大久保村、西大久保村、柏木村などは蔬菜類の生産が盛んであった。東京郊外の農村として、畑作農業が重要な役割を担っていたのである。しかし、大久保町は、大正三年に新宿から万世橋に通ずる市電の開通によって、西向天神下の水田が埋め立てられ、大久保の田畑はだんだん宅地化されて、農業に従事するものが少なくなっていった。しかし、やはり、大久保といえば、躑躅（つつじ）が有名であった。その昔、西大久保や百人町は、幕府の下級武士が住んでいた。その武士たちが内職に躑躅を植えたのが、大久保の躑躅の始まりだという。そのうちでも、江戸時代の大久保百人町の組屋敷に住んでいた飯島武右衛門のツツジは有名であったという。

明治一六年ころ、土地の有志が躑躅の増殖をして、共同躑躅園、日出園、吉野園、中村園、萬花園、筑紫園などの躑躅園が出来た。金蘂、牛牡丹、紅黄蓮花、黒船、八重霧島、吾妻絞など七〇余種の花の種類があった。庭園研究史家であり、漢学者でもあった小沢圭次郎の、大久保のツツジについて書いた『日本園芸会雑誌』を川添登の『東京の原風景―都市と田園との交流』（ＮＨＫブックス）のなかで紹介している。小沢は、大久保ツツジ園の絢爛豪華を称揚した後に、「上州館林の躑躅園ほか、日本各地のつつじの名所を多数あげて言及し、それらはとうてい大久保のつつじの多種には匹敵するものではないといい、『嗚呼大久保の躑躅花は、寔に花は天下の種類を集大成たる者と称すべ可きなり』と結んでいる」と言い添えている。

大町桂月は、随筆「蜀紅園」（『太陽』明治三七・一〇・一）で、「大久保村は、躑躅にあらはれたれど、その中百人町の通りは、長さ幾んど十町、眞直なること、東京には稀なるに、兩側には、櫻樹ならびつらなりて、陽春四月、花の隧道を作ること、他の街路に其比を見ず」と言って、桜並木を称揚している。ここでは、桂月の著書『東京遊行記』（大倉書店・明治三九・八）にある「大久保の躑躅」を引く。躑躅をとりまく情景がかなり具体的に描写されているが、「まことの躑躅は稀にして、幾んどすべて霧島也。殷赤にして俗也」と言っている「殷赤にして俗也」が気になるけど。

大町桂月『東京遊行記』（大倉書店）

大久保村は躑躅にあらはる。大久保停車場へは、市内より、電車通じ、瀛車通ず。停車場を出づれば、仲百人町也。凡そ十町の間、眞直にして、兩側の人家の垣根の中に、言ひあはせたやうに、櫻ありて、春は、花のトン子ルをつくる。亦一觀也。躑躅園も、その間に散在す。近年、團子坂の菊人形の眞似して、躑躅人形をつくるものあれど、團子坂には比ぶべくもあらず。躑躅とは云ふものゝ、まことの躑躅は稀にして、幾んどすべて霧島也。殷赤にして俗也。

また、戸川秋骨の『そのまゝの記』（籾山書店・大正二・七）に、「春の大久保」という一文があり、やはり、大久保の躑躅にふれた「躑躅の時節」という色彩豊かな一文を綴っている。

毎年躑躅の時になると大久保村は生きかへつたやうになる。その狭い通りが屋臺店と見物人とで一杯になる。躑躅と云つても今では餘計にはないが、それでもその滿開の時には、花の海が出來る。丹色若しくは朱色の海が出來る。その色は人の心を浮き立たせるといふよりは、むしろ燃え立たせるのである。その眼の覺めるやうな燃え立つやうな色が此の花の特色である。躑躅は晩春から初夏の花であるが、總じて花は春の老ゆるに從つて、その色が烈しくなる。初春の花の色にはおとなしい趣がある。見やうに依つてはさびしささへ感じられる。

桂月の躑躅は、躑躅を取り巻く周囲の状況も観察している。しかし、戸川秋骨は、ひたすら躑躅に見入っている。この両者の違いは人柄というか、人生への関わり方の違いを示しているようで面白い。桂月も秋骨も西大久保に住んだのは、明治三九年頃である。

しかし、この躑躅園も明治三五年頃から、ツツジが日比谷公園に移植されるようになって、江戸時代に、亀戸天神の藤、堀切の菖蒲と並び称された大久保の躑躅の隆盛は影を潜めていく。ツツジ園のひとつ「筑紫園」では、菊の花もあったらしい。遠藤（岩野）清子が、「大久保日記」（明治四三・一一・七）で、「筑紫園に菊花があると文學倶楽部の茅原氏から聞いたので直ぐ出掛けた。種類は少ないが出來は中々よいのがあつた」とあるように、大久保もツツジだけでは持たなくなってきた様子が窺える。若月紫蘭の『東京年中行事』（東洋文庫・平凡社）は、五月暦の「躑躅」で、明治四四年頃からだんだんと大久保の躑躅がさびれて、町並みが市街化していく「郊外」の様子を次のように書き残している。

昔は躑躅と言えば、直ぐに大久保を連想したものであるが、日比谷の原が公園になって、大久保の躑躅の大半をここに移し植えてから、都の躑躅は日比谷公園が呼物となって、大久保は年一年とさびれて行くようになった。花の見頃は矢張り五月の始頃で、甲武線では丁度頃を計って、各方面から臨時電車を増発しているが景気ばかりでとても昔ほどの見物はない。こうして、二、三年この方作り人形もなくなって、大久保の躑躅が衰えて行くにつれて、この辺りに増えて行くものは借家ばかりである。六、七年ばかり前まではほとんど野原のようであった大久保の付近は、今や新しい弱々しい借家の里となって、もう自動電話も郵便局も出来て、場末の特色を備えた郊外の一つの町となってしまった。

ここで桂月の転居事情を高橋正の『評伝　大町桂月』（高知市民図書館）を借りて付け加えておく。冒頭に述べたごとく、明治三六年に麹町から西大久保に転居した。そして、明治三七年に柏木村の蜀紅園に移った。これには事情があった。「大久保の家には一年間住んだが、その間、大町家では凶事が続いた。明治三十七年二月二十二日に生まれた次女春子は百日咳に罹り、同年四月六日にこの世を去った。母糸が重い病気で危うかったがどうにか助かった。長男芳文の通っていた小学校が旋風で潰れ、危うく圧死という恐ろしい目にもあった。泥棒が再三忍び込むなどがそれである」。そして、「家相方角がわるい」ということで柏木に転居したということであったという。しかしその後に、西大久保四七〇番地、二百五番地へと再々転居している。

ところで、明治一九年に四谷伝馬町で生まれた、労働文学作家として文壇に登場した宮嶋資夫が、四谷、赤坂を回想した文章で、つつじ園で小学校の運動会をやったと言っている（『大東京繁昌記山手篇』講談社）。

晩春、つゝじの咲く頃、小学校の運動会は、大久保のつゝじ園に開かれた。今考えると戸山ヶ原附近であろう。富士山の形をした山のあるつゝじ園で、私達は駆けっこをした。晴れた空と咲き誇ったつゝじと、競技場の紅白の幕が、今もなお明るく鮮かに私の記憶に残っているのを見ると、当時の子供は、全く薄暗い世界で生活していた感じが、しみじみする。

当時の子供の世界が全く薄暗かったどうかは、にわかに判定できない。「郊外」というと、空は高く、清明な風がそよいで、木々の葉を小さくゆるがす長閑な、人情こまやかな光景を思い浮かべる。しかし、川本三郎著『郊外の文学誌』（新潮社・二〇〇三・二）は、「ツツジの里だった大久保界隈」という文章で、この大久保のツツジの中で生活した文学者を追いながら、市中に生れ育った町っ子の漱石にとっては、明治末年の「郊外」は「遠くて、物騒で、不気味なところ」であったという。鉄道自殺があったり、痴漢が出没する「薄暗い」郊外のありようを描いている。

「郊外論」あれこれ

小春日の郊外の道めずらしく遠く歩み来てかわきおぼゆる　佐々木信綱

「郊外」と言う言葉が出てきたので、郊外について少し講釈をする。と言っても都市論などは門外漢、ズブの素人だから、研究者の論を引用、孫引きなどして紹介するのに留まる。

明治末年から大正初期にかけて、大久保文士村があった新宿西大久保周辺は、大久保文学倶楽部が雑誌『郊外新報』を刊行するように「郊外」と呼ばれた。

昭和初期の新宿西大久保の郊外を語った、作家の黒井千次に「郊外史のすすめ」（『散歩の一歩』講談社）という文章がある。「現在の山手線新大久保駅から大久保通りを明治通りに向かい、盛好堂書店やルーテル教会の前を過ぎ、岩波酒店の角を左へ折れた住宅地」だった「東京市淀橋区西大久保三丁目九十四番地」に子供のころ住んだ黒井は、「僕の記憶に残る昭和十年代半ばの〈郊外〉のイメージは、江戸以来の東京と近郊との関係がかなり崩れた時期に当たるだろう。それでもまだ、周囲の眺めは十分に田園の面影を残し、都心近くの住宅地には伸びやかな空気がゆったりと漂っていた」と言って、その郊外の歴史を書いた小田内通敏の『都市及村落の研究　都市と近郊』（有峰堂）を郊外研究の参考文献として推奨している。

その黒井が薦める『都市と近郊』によると「郊外」を「江戸の盛時に於て囲繞地帯の農村の間に散點する寺社及勝地が当時郊外として如何に江戸人に喜ばれ」、その郊外は「遊覧地たるのみあらず、都市計画上、大東京の豫定地域と看做さるゝ處と略相一致するを見る」と歴史的な考察をしている。そして、小田内が卒業した秋田県立秋田高等学校同窓会のブログでは、小田内の業績を次のように評価している。「東京の西の郊外に広がる武蔵野の自然と人間の生活に興味をもち、暇をみては、国木田独歩の名作『武蔵野』に描かれた自然と風土を自分の眼でじかに観察してまわった。春夏秋冬あらゆる季節や時間帯を通じて武蔵野を縦横無尽に歩き回り、武蔵野の多彩な自然とそこに住む人間の営みを細かに」とらえて、独歩の「武蔵野」に啓発され、いわゆる「郊外」と言われる地域を踏査して、『都市と近郊』の一書が成立したと述懐している。

もう少し簡単な辞書で「郊外」を引くと、「都会に近接する地域で、建物が密集せず、田畑や林野の多い所」（『新明解国語辞典』三省堂）とある。つまり、近代社会における郊外とは、都市に隣接した繁華、喧騒に蚕食されていない「街外れ」ということだろう。新宿西大久保に文士村があったころは、この街外れに貧乏文士たちが家賃の安い貸家を求めて集まり、そこで文士サロンを開いて文学談義の怪気炎を上げていた。それが大久保文学倶楽部の原型であった。

茅原茂が主宰した雑誌『東京評論』は、東京郊外の、例えば現在の西武池袋線の練馬以西の地域を取材対象としたタウン誌ともいうべき編集である。この『東京評論』は稀覯本で「明治新聞雑誌文庫」（東京大学）で参照した大正六年の五月号で、「私の好きな初夏の郊外」というアンケートを特集している。近松秋江は、「高い欅などの一本群をぬいて淡靄に若葉をこめた」風景を「大久保から目白乃至渋谷方面の山の手」にかけて眺められるといい、かつて戸山ヶ原近くに新居を構えた尾島菊子は、「大久保から向こう――つまり中野付近が大変にいゝやうに存じます。此のあたりには樹木が多いから夏は殊更爽かに感ぜられます。」と言っている。

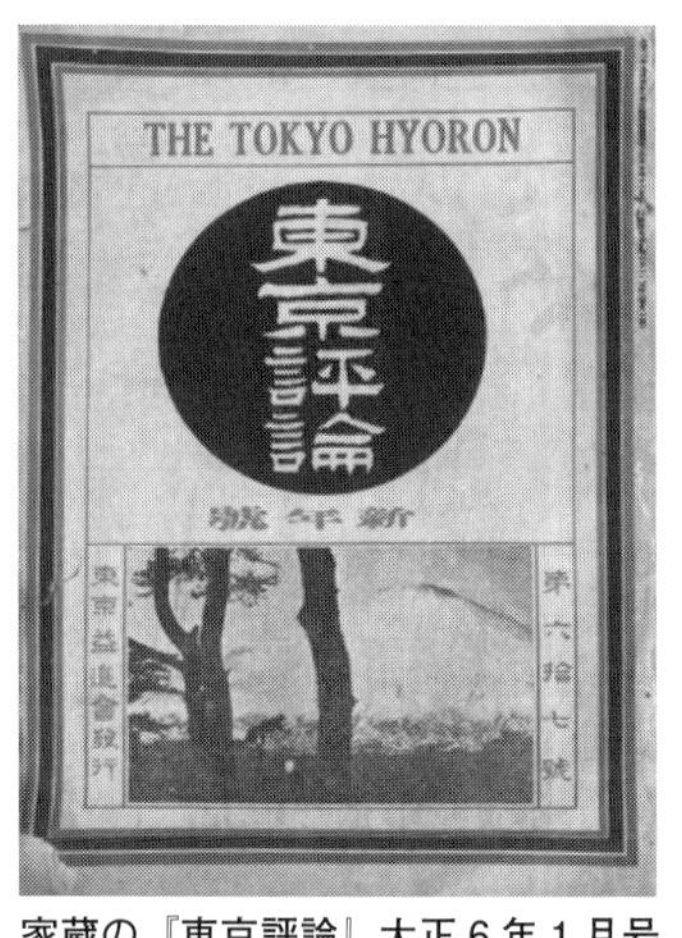

家蔵の『東京評論』大正６年１月号

そして、作家の伊東六郎は、「大久保郊外の櫟林を思索に耽るにいゝところと好みます」と大久保に立ち止まり、土岐哀果は、「戸山ヶ原の景色は今も忘れません。木々の芽のみどり色と光とがいかにも千種萬様であることも眼の底に沁みてゐます」と、やや懐古的に言っている。しかし、アンケート回答者のなかで、明治末年に大久保文士村に住んだことがある若山牧水、前田晁、窪田空穂などは、郊外を多摩川の上流や中央沿線の井の頭公園あたりにまで求めている。そして、三木露風は「武蔵野は入間川の沿岸辺りなるべく候」と隣接の埼玉県を視野に入れ、華山の細君、すなわち私の祖母、茅原ふじは、「住めば都で現在居をトしてゐる大井町山の手谷垂付近を愛好します。谷垂は有名な伊藤公の墳墓の所在地です」と現在でいうと品川区大井に目を向けている。徳田秋声などは、「広漠で展望のない陰鬱な武蔵野の自然を余り好みませんが、開拓されない林野なら何処でも特色が見出されると思ひます」と弁じている。

こうなると、市街地の拡大は武蔵野の風景をなごりに押しやり、散歩がてらに少し足を延ばして、家々の表札や植木を眺めながら散策するという郊外の閑静な家並みは都心から遠のいて行く。いずれにしても、武蔵野の面影を残す郊外は東京から西下傾向にあるように見受けられる。

その郊外に生活基盤を置いて生活する、中産階級の生活様式という社会性を視野に入れながら文学作品を語ったのが、先に触れた川本三郎氏の『郊外の文学誌』（新潮社）だ。その「序 なぜ郊外か」で二つの論文を紹介している。「急激な人口増加の圧力を受けて、都市から押し出された人々が好むと好まざるとにかかわらず居住の場所」となったのが郊外のありようだと、社会学者の園部雅久の説を紹介している（『現代大都市社会論分極化する都市?』東信堂）。もうひとつは、建築史家の中川理が「市中では都市整備のために家屋税などが増税され、それを嫌った人たちが、郊外に逃れた」というのが、日露戦争後の「郊外」だという説（『重税都市もうひとつの郊外住宅史』

住いの図書館出版局）である。両論とも都市発達史から見た近代の郊外の実景で、明治末年のまだ都市が押し寄せる以前の、自然豊かな郊外を論じたものではないように思われる。

そしてまた川本氏は、都市経済学者奥井復太郎の「都市郊外論序説」を取り上げている。その「抄」が『新旧渺茫』（奥井復太郎遺稿集・奥井会）に収録されているのでそれもついでに見てみる。

奥井は「郊外とは或る都市の地域的外側だと云って差し支えない。即ち其の都市が都市の中心部から見て地域的に将に終わらんとする外側地帯が郊外である」と学問的論法で定義している。しかし、奥井の郊外論を形成する素材は、その論の「結語」で述べているように、「文士其の他の回想や小説作品を材料として取り扱った」として、田山花袋、夏目漱石、永井荷風、久保田万太郎、矢田挿雲、長谷川時雨などの文学作品を参照しながら明治末年から大正期にかけての郊外論を展開したとしている。その意味からすれば、奥井の郊外論は、丁度、大久保文学倶楽部が活動していた時期と合致する。

そして、奥井は郊外の形成史を三期に分けて論じている。第一期は、最初移住者が全くなく、田園的農村的約束の内に生活する事であり、第二期は、移住者が漸次増加して勢力の抗争が始まった時、第三期は、都市の勢力が圧倒的となって農村的色彩が殲滅され、彼等は後退する又は都会人に同化されて了った時期と分析している。

これを大久保文士村の生成に当てはめてみると、岩野泡鳴と茅原茂が自宅を開放して「十日会」

という文学サロンを立ち上げた時が第一期にあたり、岡落葉が幹事役を務めていたその文学サロンへの参加者が多くなって、会場を日本橋「メーゾン鴻巣」に移すとともに「十日会」の分派のような茅原茂が主宰した「大久保文學倶楽部」を開設したのが第二期に該当する。そして、田山花袋が郊外の都市化を嘆き、水野葉舟がその都会化した郊外から逃げるように、千葉県下総駒井野に転居したした頃を、第三期に当てはめることが出来るだろう。

さらに、西大久保周辺の都市化は進み、「郊外」は新宿から西に移動して行く。その西下した郊外の二〇〇〇年あたりを基準に西武池袋線や中央線に沿って概観すると、西武池袋線では清瀬駅周辺、中央線では吉祥寺駅周辺になるだろうか。そこには団地が立ち並び、都心に通勤するサラリーマンにとっては、寝るだけの街ベッドタウンと化している。さらにその街にはアウトレットモールなどが出現して、向こう三軒両隣という人間関係は希薄になり、車社会を象徴する人間疎遠社会となっている。その現代的様相は、小田光雄の『〈郊外〉の誕生と死』(青弓社)や若林幹夫の『郊外の社会学—現代を生きる形』(ちくま新書)で詳述されている。

この都会と郊外の狭間にあって、どっちつかずの郊外生活を送っているのが戸川秋骨だ。人情荒み、文化住宅などお粗末な間に合わせの生活に嫌気がさしている。しかし、戸川は「自分の郊外生活」(『自然・気まぐれ・紀行』第一書房)で都会と田舎の狭間にあって、郊外の生活風景を愛おしむ。

都會もよく、田舎も好きだといふ、不徹底が、矢張り郊外なるものに執着させる。幸いにして郊外に居れば、土に親しむ事は出來る。樹木にも花卉にも、親しみうべく、さらに野菜の生育も樂む事が出來る。朝は些細ながら収穫をなし、夕方は肥料を施すといふのは、意気地のない自分に取つては少なからぬ慰安である。

朝早くに近傍を歩きまはれば、畠地は遠く廣くつづいて、その遙かのさきにある松の樹間から富士が見える。甲州の山や秩父の山々が、パノラマのやうに見える。夏の草木は一本一本、別々の緑をなし、秋の紅葉も同じく一々樹毎に、その緑の類を異にして居る。自然の無窮であると共に、その變化の多様なのにも驚かされる。霧に包まれた森、雨の藪、霞の棚引く遠景、それぞれの趣は飽く事を知らぬ。この自然の間に立つて、うつとりとして居ると遠い樹立の間に見える赤煉瓦の屋根さへ、風姿を添えて來る。かういふ時にのみ、自分は郊外の生活なるものを呪つて良いか、祝して良いか、甚だ迷ふのである。

このように都会と田舎の狭間に揺曳している戸川は「郊外の住者」で、こんなことを言う。

文明の壓迫に堪へないで都を逃れて來たものゝ住む處が即ち所謂郊外である。かれ等は弱者である。敗者である。都會の喧囂はいやだ。紅塵の内には住めぬなどと、勿體ぶつた事を

いふもの〻、それが則ち弱者たり敗者たる所以である。左りとてかれ等に全く文明を却け、
都會をのがれて隠遁するほどの勇氣はないのである。

郊外生活者になかなか手厳しい物言いなのだが、遠く都会を眺めて郊外に住む地域を「高等貧民窟」などと言っているのだ。つまりこれは戸川秋骨の自画像のようにも思えるのである。それはそれとして、明治末年の郊外に対する思いと、一〇〇年を経た現在の郊外に対する思いとは違うだろう。錯綜する都会に住む者が、特定農地貸付制度による「貸し農園」により、ささやかな自家用野菜作りや花の栽培をし、地方の農村の廃屋に移住して田園生活を求める者たちの生活感には、「弱者」、「敗者」の意識はないだろう。それは無機質な都会から距離を置いた「郊外生活」に人間生活の精神的「お休み処」があるとする、現代社会から超越した生活空間にいるという「自足」のようなものが窺えるのである。

西大久保が終の棲家、小泉八雲

竹の春郊外に居を卜しけり　　柳下孤村

西大久保というとラフカディオ・ハーン（小泉八雲）がすぐ浮かぶ。久しぶりに、筆者が通った大久保小（国民）学校を訪ねた。その正門の右側の西大久保二丁目二六五番地（東京府下豊多摩郡大久保村大字西大久保二六五番地）に当たる所は、小泉八雲終焉の地である。そこに現在、「小泉八雲終焉の地」という碑が建っている。そして、学校の前に、やや放置気味になっている小泉八雲記念公園があり、ギリシャ・レフカダ島出身の八雲のためにギリシャから寄贈されたという八雲の胸像があった。

二〇〇四年が八雲没後百年を迎え、あやかり出版が賑やかだ。しかもこの年に、アテネでオリンピックが開催される。ということが重なって、放置気味であった八雲記念公園が脚光を浴びていると『朝日新聞』（二〇〇四・六・二〇）のコラム「青鉛筆」が報じていた。

戸川秋骨が新大久保から移って来て一時住み、女子教育の先駆者といわれる宮田脩が創設した成女学園の近くにある旧市谷富久町の八雲旧居には、東京八雲同人会が、八雲生誕百年を記念して建立した、「小泉八雲旧居跡」の碑があり、そこに「明治三十五年三月ヨリ三十七年九月マデ」と小さく書かれている。「耳なし芳一」や「むじな」などを収める作品集『怪談』は、この地で書き上げられた。

八雲は自分の家のことは、あまり書き残さなかったらしい。戸川秋骨の随筆集『都会情景』（第一書房・昭和八・一二）を拾い読みしていたら、「素顔の小泉八雲」という文章があって、長男の小泉一雄が書いた『父『八雲』を憶ふ』（警醒社・昭和六・七）という一冊があることを知り、「日本の古本屋」のサイトで探して買った。そのなかで、富久町時代のことを「東京牛込」という文章に、また、西大久保時代を「東京大久保」という文章でそれぞれ語っている。「東京大久保」では、自分が通った大久保小学校当時の回想とともに、父と住んだ西大久保の家についての思い出を綴っている。

その文章に度々登場する戸川秋骨は、島崎藤村と明治学院の同窓で、明治文壇の人々との広い交流があり、英文学者の平田禿木の「戸川秋骨」という一文によると、「君は元来熊本の人で、徳富蘇峰氏とも縁深く、横井小楠の姪である人はまた、君の叔母さんであつた」（「文学界前後（抄）」『文学的回想集』筑摩書房）という系譜に連なる人物であるらしい。

さて、八雲の牛込富久町の家は、八雲が好んで散歩をした自證院円融寺、俗称「瘤寺（こぶでら）」の古木を住職が変わったことから伐採され、落胆した八雲は転居を望んだ。しかし、隠岐島で暮らそうとか、高野山はどうかと、現実的な転居先の希望もないようだったが、柴田宵曲の「大久保」（『文学・東京散歩』こつう豆本・41）によると、八雲は「さびしい田舎の、家の小さな、庭の広い、樹木の沢山ある屋敷に住みたい」と思っていたところ、東京に家が欲しいという妻節子の意向に添ったものとなった。明治三五年三月一九日に転居した、西大久保二六五番地の新築の家がそれである。「I子爵」所有の敷地だったという家屋敷の様子が一雄の回想で次のように語られている。「I子爵」は板倉子爵である。

大久保の家は町役場のある狭い横丁――今でも尚狭い横丁ですが、あの頃は更に狭かつたのです――にあり、西（表通り）に面した側と南境は建仁寺垣で長々と圍ひ、北横と東裏とは杉の生垣を廻らした地内にありました。南面は石燈籠が二ツ、庭井戸も二ツある植木の多い庭で、其の庭の盡る邊、東寄りは霞網が張つてあつたり黐枝が立てゝあつたりした相當廣い孟宗藪でした。北の背戸庭には三百羽近くの鶏を入れた鶏舎と、菜や大根が作つてある幾十坪かの畑とがあり、是等に取巻かれて五十坪程の平屋造りの日本家屋が建つてゐました。

西大久保の土地と家を買い、更に母家を増築したので、家の造作一切を取り仕切った節子としては、八雲の好きな障子のある日本家屋としたが、一雄に云わせるとその家の趣向は、父の「テーストとは余程離れたもので」、「現在の大久保の家屋敷から父の面影を窺はうとするのは無駄な事です。それ故あの家を八雲旧居の名に依つて公開し、尊重がらせ様とするのは一種の虚偽――父の大嫌ひだつた虚偽――に当たります」と断固とした口調で云っている。そして、この家に越して来たときに、八雲が自分の死期を予言するかのようなことをいったという印象的な文章を書き残している。

父は日當たりの好い書齋で室その物が發する新しい疊や壁や木材の香と、庭から春風が持込む梅が香との漂ふてゐる中に身を浸して頻りと本箱の整理をしてゐました。母と私も傍で手傳つてゐますと、直ぐ近くの窓際へ鶯が來て連續的に鳴きました。「是はまるで歌の文句にある様ですネー、鶯は私等の為に來て祝福の歌をうたつてくれるのでせう。」と母は如何にも嬉しさうでしたが、父は「なんぼう可愛いの鳥、然しあの聲を私はこの家で三春以上聴く事出來るでせうか?むづかしいでせう」と云つて苦笑しましたので「マア、馬鹿な!」と母がすつかり氣を悪くして仕舞つた事がありました。父は大久保へ來てから三年（満二年半）後の明治三十七年の九月に卒去しました。

この西大久保の家については、妻の節子がその思い出を次のように語っている（「思い出の記」『小泉八雲全集・別冊』第一書房）。

西大久保に引移りましたのは、明治三五年三月十九日でした。万事日本風に造りました。ヘルンは紙の障子が好きでしたが、ストーヴをたく室の障子はガラスに致しただけが、西洋風です。引移りました日、ヘルンは大喜びでした。書棚に書物を納めていますし、私は傍で手伝っていますと、富久町よりは家屋敷が広いのと、その頃は大久保は今よりずっと田舎でしたのとで、至って静かで、裏の竹藪で、鶯が頻りに囀っています。『如何に面白いと楽しいですね』と喜びました。又『しかし心痛いです』と申しますから『何故ですか』と問いますと『余り喜ぶの余り又心配です。この家に住む事永いを喜びます。しかし、あなたどう思いますか』などと申しました。

大久保小学校正門横にある「小泉八雲終焉の地」碑

息子の一雄と妻節子との西大久保の家に越した時のヘルン（ハーン）の心情を見る気持ちが違うのが、ヘルンとのかかわり方を表していて興味深い。そしてまた、節子は次のように追想している。

西大久保に移りましてから、家も広くなりまして、書斎が玄関や子供の部屋から離れましたから、いつでもコットリと音もしない静かな世界に置きました。それでも箪笥を開ける音で、私の考こわしました、などと申しますから、引出し一つ開けるにも、そおっと静かに音のしないようにしました。

ハーンが西大久保の家に落ち着いた頃、息子の一雄と散歩に出かけた思い出を一雄が書き残している。

爽やかな一日でした。父と二人きりで散歩に出たのですが、父は餘りに何かを考へ事をしてゐた為、何時も大久保の街を眞直に行つて柏木へ抜けるか中野へ出るか淀橋へ折れるかするのを、此の口に限つて新宿追分の大通りへ出て仕舞ひました。その當時の新宿は如何にも場末然たる不潔な町でした。干いた埃だらけの道を肥桶を積んだ荷車が幾臺も〳〵並んで通つてゐました。

「埃だらけの道」、「肥桶を積んだ荷車」、明治三五年当時の新宿の風景である。この新宿に高層ビルが立ち並ぶまでには、関東大震災があり、東京大空襲があったりして、九十余年の歳月が流れている。淀橋や角筈までは足を運んでいないが、四谷周辺の「新宿」を小沢信夫が「しみじみ新宿」（『東京骨灰紀行』筑摩書房）で語っている。

なお、西大久保の小泉八雲邸については、大久保小学校の同窓の青柳安彦氏の「小泉八雲旧居考察記―空襲で失われるまでの大久保、小泉八雲邸を追う」（『風、光りし大久保』下巻）が、「小泉家本邸平面図」などを資料として詳論している。ただ、掲載誌は、私家版で発行部数も少ないため一般に閲覧できないのが残念である。

なお、八雲の終焉の地に建てられた碑文を次に掲げておく。

小泉八雲終焉の地

小泉八雲（ラフカディオ・ハーン）は
嘉永三年（一八五〇）ギリシャのレフカダ

島に生まれた　明治二十三年アメリカの
新聞記者として来日　その後記者を
やめ　小泉セツと結婚　松江・熊本で
教鞭をとった
明治二十九年日本に帰化し　以来東京
帝国大学　早稲田大学で英文学を
講じながら「怪談」等幾多の英文に
よる名作を執筆した
明治三十五年市谷富久町からこの地
大久保に居を移した
明治三十七年（一九〇四）九月二十六日妻子の
身を案じ自分の仕事を気にしながら
「ああ　病気のために…」の悲愴な
一語を残し帰らぬ人となった
時に五十四歳であった
伝統的な日本文化を広く欧米に

紹介した彼の功労に対し大正四年
日本政府は従四位を追贈した
我が国の自然と文化をこよなく愛し
その真の姿を伝えた功績は偉大で
あり　高く評価されている

昭和六一年十月二十五日
　東京都新宿区長　山本克忠

島崎藤村が『破戒』を書いた西大久保の家

新宿に荷馬並ぶや夕時雨　　正岡子規

明治三八年五月、小諸の小諸義塾を辞めて上京した島崎藤村は、西大久保一－四五〇番地に居を構えた。この家は、三宅克己の紹介であった。三宅は「確かこの頃、信州小諸の島崎藤村さんも東京に出てこられたのであったが、私が大久保の静かな植木屋の地内の新築家屋を発見して御知らせして、そこに住まわれることになったが」（『思い出づるまま』）と言っている。ここで藤村は、自然主義文学の先駆といわれる『破戒』を完成させた。その西大久保の家を決めたときのことを、作品「芽生」（『中央公論』明治四二・一〇）で次のように書いている。

郊外は開け始める頃であつた。そこゝの樹木の間には、新しい家屋が光つて見へた。一軒、西大久保の植木屋の地内に、往來に沿ふて新築中の平屋があつたが、それが私の眼に着いた。まだ壁の下塗りもしてない位で、大工が入つて働いて居る最中。三人の子供をつれてこゝで仕事をするとしては、あまりにも狭過ぎるとは思つたが、いかにも周圍まはりが氣に入つた。

早稲田大学の学生だった水野葉舟が、蒲原有明とともに西大久保の島崎藤村の家を訪ねている。その時の様子が「藤村覚書」(『明治文学の潮流』)で書かれてあるが、それは別稿の「オホクボ村に住んだ水野葉舟」のところで述べるとして、蒲原有明が思い出として、西大久保の藤村の家についいて書いたという文章を引用しているので孫引きになるが左記に紹介しておく。

家は極く普通の四室ぐらゐのささやかであつたが、書齋と言はるべき一室が主人公の意匠の加はつたもので、まづ類のないものであつた。素より月並みな文化的装飾のあらうはずもなく、ただオリーブ色に染めさせた木綿の壁かけのやうなものが自慢であつたものの、大體部屋を地床におとしてあつたのがめづらしいのである。それで他室からは一尺も下がつてゐたので、そこに座つてゐると穴倉めいて、書斎といふよりも仕事場といふかたちであつた。

藤村のつましい生活が思い浮かばれる。そういえば、後年の話になるが、詩人でフランス文学者の平野威馬雄が上智大学の学生だった頃、文学研究会を立ち上げようと、菅忠雄や熊田精幸らと語らって、先ずは、研究会創設記念に文芸講話会でも開催しようと当時の文壇で名を馳せていた作家のところへ依頼に出向いたのである。

まず初めに有島武郎のところへ行った。有島は快諾してくれて、お土産に「岩野泡鳴全集」をくれた。その次に、島崎藤村のところへ行った。そしたら「慇懃無礼、ケンモホロロ…玄関にきちんと座って、両手をひざの上にのせ、呉服屋の番頭みたいにていねいにおじぎして（もちろん和服で、たしかまえかけをかけていた）『私はそういうことは一切いたしません』」と断られたという（『アウトロウ半歴史』「話の特集」）。この話、伝え聞く「島崎藤村」の抑制された質素な立居振る舞いが表白されていて面白い。

さて、藤村が気に入った西大久保周辺の情景については、同じく「芽生」で次のように描いている。文中「角筈に住む水彩画家」は、三宅克己のことである。

郊外には、舊い大久保のまだ澤山殘つて居る頃であつた。仕事に疲れると、よく私は家を飛び出して、そこいらへ氣息を吐きに行つた。大久保全村が私には大きな花園のような思をさせた。激しい氣候を相手にする山の上の農夫に比べると、斯の空の明るい、土地の平坦な、柔い雨の降るところで働くことの出來る人々は、ある一種の園丁のやうに私の眼に映つた。

角筈に住む水彩畫家の風景畫に私は到る處で出逢つた。

右に引いた藤村の文章では「郊外」という言葉を頭に振って、その頃の風景を描いているのが注目される。その藤村の家は鬼王神社の側であった。現在、都営大江戸線の東新宿駅の出口に近い職安通りに面した歩道の端に、「島崎藤村旧居跡」の烏帽子型の碑が建っている。それと探してゆかないと、四囲を柵で囲まれた碑の前に自転車やオートバイが置いてあって、見過ごすほどの小振りな碑である。その道を百人町の方にしばらく行くと、西大久保の家で失った藤村の子供たち、縫、孝、緑が葬られている曹洞宗の長光寺がある。藤村にとっては、西大久保の生活は恵まれず、一年半ほどで浅草の新片町の方に転居した。

文学散歩の野田宇太郎が、藤村旧居を訪ね長光寺に詣でている。妻と三人の子ども達が眠る墓域に立った野田の背筋に、冷たいものがさっと流れるような、慄然たる思いに誘われたという（「藤村遺跡」『東京ハイカラ散歩』ランティエ叢書）。

病名は夫々まことしやかに記されてはいるが、何れも栄養不良と手当不十分から来る死であるに違いない。親として愛児にこうした死に方をされるのは、責任上耐え難いものがあったろう。藤村は「破戒」によってようやく作家生活の目安も出来、やがて悲しい自己の痛みをかくすためにも、去り難い西大久保の地を後に大川端の情緒をでも求める閑人のように新片に逃げ得たとしても、今度は三児への詫びでもするように愛妻冬子に逝かれた藤村の心は断腸という言葉そのものではなかったろうか。

正宗白鳥が樋口一葉の死を「小説人物としては読者の詩的涙を誘うのであるが、当人にとっては陰惨至極だ」と貧しさゆえの早世に思いを馳せて、「明治の文学者は概して貧乏であった」(『文壇五十年』河出書房)と呟やく。そのように「破戒」を印行する自費出版の費用を妻冬子が函館の実家まで工面に出かけるほど、藤村のこの頃の生活も貧窮のなかにあり、愛児に充分な手が行き届かなかったのである。岡落葉が大久保にいた藤村を偲んだ文章がある。それを少し引いてみよう。ちなみに、落葉が西大久保で書いた長編「家」と言っているが、これは「破戒」の記憶違いだろう。

独歩が独歩社をやめて西大久保に引込んだのは、明治四十年の四月である。大久保にはそれ以前に島崎藤村が住んで居つた。藤村は卅八年に小諸の小諸義塾をやめて上京すると、大久保に住居を定めた。それは鬼王神社の傍で、この家によつて長編「家」は出来たのである。彼はこゝで恋女房である細君を亡くした。何人目かのお産のあとがいけなかつたので、細君より前に女の子を三人まで亡くし、長光寺に葬つたと年譜に書いてある。だから藤村に取つては大久保は不幸続きの苦い思出の土地であつたらうと思ふ。藤村は卅九年に大久保を去つて、浅草の新片町に引越してしまつた（「明治大正の文士村 大久保」・『明治大正の文士』こつう豆本・91）。

ところで、その岡落葉が「藤村が大久保を去るあたりからあの界隈に文士の住居が多くなった」と言っている。そこで、藤村の家の近くを文学散歩とでもいうのか少し歩いてみよう。藤村の家から鬼王神社の横を通って、少し西に下った左手に当たるところに、「赤い鳥社・鈴木三重吉旧宅跡」があった。童話の創作に高い理想を抱き、有島武郎や芥川龍之介らの童話を生んで、児童文学に大きな足跡を残した鈴木三重吉の「赤い鳥社」は、大正時代は目白近辺を転々と居を移し、西大久保四一〇番地から四六一番地に来たのは、昭和四年一一月だった。しばらく『赤い鳥』は休刊していたが、大久保に来て昭和六年一月に

島崎藤村旧居跡碑

復刊した。昭和一一年六月二七日、大久保の家で、三重吉は死去した。

その他に、破滅型の私小説作家葛西善蔵が、明治四三年一一月に東大久保三〇六の借家に住み、作家で『無限抱擁』の作品があり、折柴と号して俳句を詠んだ瀧井孝作は、大正四年六月、俳誌『海紅』の編集助手として、西大久保の中塚一碧楼の家に住んでいる。このことについては、瓜生敏一著『中塚一碧楼―俳句と恋に賭けた前半生―』(櫻楓社・昭和六一・一)によると以下のように考証している。『一碧楼句抄』巻末の年譜を見ると、「大正三年、伊予松山の出、河東碧梧桐の姻戚神谷たづ子と結婚上京、市外西大久保九十四番地に住む。」とあるが、この年譜には二ヶ所誤りがあるとして、上京したのは大正二年の秋で、結婚後の新居は府下高田村の鬼子母神裏で、市外西大久保九十四番地に転居したのは、大正四年八月。そこに折柴瀧井孝作が同居したと言っている。

オホクボムラに住む水野葉舟

ほそぼそと夜の蛙の啼きつづく四年住みにし大久保を去る　　金子薫園

金子薫園(かねこくんえん)は、明治四〇年九月、西岡基子と結婚して大久保に住んだ。そして、明治四三年に牛込区甲良町に転居した。右の短歌はその時に詠んだ一首である。

文士村当時の大久保界隈が、ほそぼそと蛙の鳴く声が聞こえる閑静な所であったことは、『新宿と文学―そのふるさとを訪ねて―』（東京都新宿区教育委員会・昭和四三・三）に、田山花袋の「夕張少女」、大町桂月の『東京遊行記』、森田草平の「煤煙」、戸川秋骨の『そのまゝの記』などの作品を例に挙げて紹介している。そのなかから秋骨の『そのまゝの記』に収録されている「春の大久保」の文章を左記に引く。

朝早く雨戸をあけると、先づ聞こえるのは鶯の聲である。郊外の第一の特色は聲と色とであらう。市中では聲と色といふ事にまた特別な意味があるさうであるが、郊外の聲と色とは自然のそれである。鶯の聲は何所の郊外にも同じであらうが、大久保の花の色には特色がある、それは緋と丹と朱との躑躅の色である。尤もこの邊も開けるに従つて自然ならぬ人間の聲も聞こえるやうになりはした。三味線の音さへ時には籬を洩れて聞える事もあるが、最も盛んなのは琴である。否それよりもましてやかましいのは謡の聲である。

そういえば、大久保小（国民）学校へ通う道すがら、大きな屋敷の高い塀を越えて来る地から這い上がってくるような謡の温習会の声は、少年の耳には薄気味悪さがつきまとった。そして、秋骨は大久保には、「製造場」がなく、従って黒煙をあげる煙突もないから、「東京の郊外中此処ほど空氣の良い處はない」と言って、次ぎのように大久保を賛歌している。

なほ一つその長を説けば、立木の多い事であらう。特に自然そのまゝの姿を殘して居る戸山の原を控へて居る事は、充分自慢の理由の一となしうる事と思はれる。夏の夜などに市中から此處へ歸つて來ると、別世界へ入つたやうな氣がするとは、よく聞く言葉であるが、私の經驗でも同様である。

森林太郎（森鷗外）立案の『東京方眼圖』（春陽堂・明治四二・八・復刻版）の「オホクボムラ」の地図を見ると、郊外のいかにも閑散とした様子がわかる。ほかの地域には町名が書き込まれて賑やかだ。ところが、大久保界隈は、幾筋かの道があり、花園社と御嶽社の赤い鳥居の他は、白地に「字西大久保」、「大久保村」、「字東大久保」とあるだけである。この方眼図は明治四二年の作成だから、閑静なところを求めて文士たちが大久保に集まって来た頃のものであるようだ。

水野葉舟（盈太郎）が西大久保一五〇番地に転居してきたのは、明治四一年頃であったろうか。鷗外立案の「オホクボムラ」の頃である。借家探しに大久保へ来たときの風景を「郊外」という

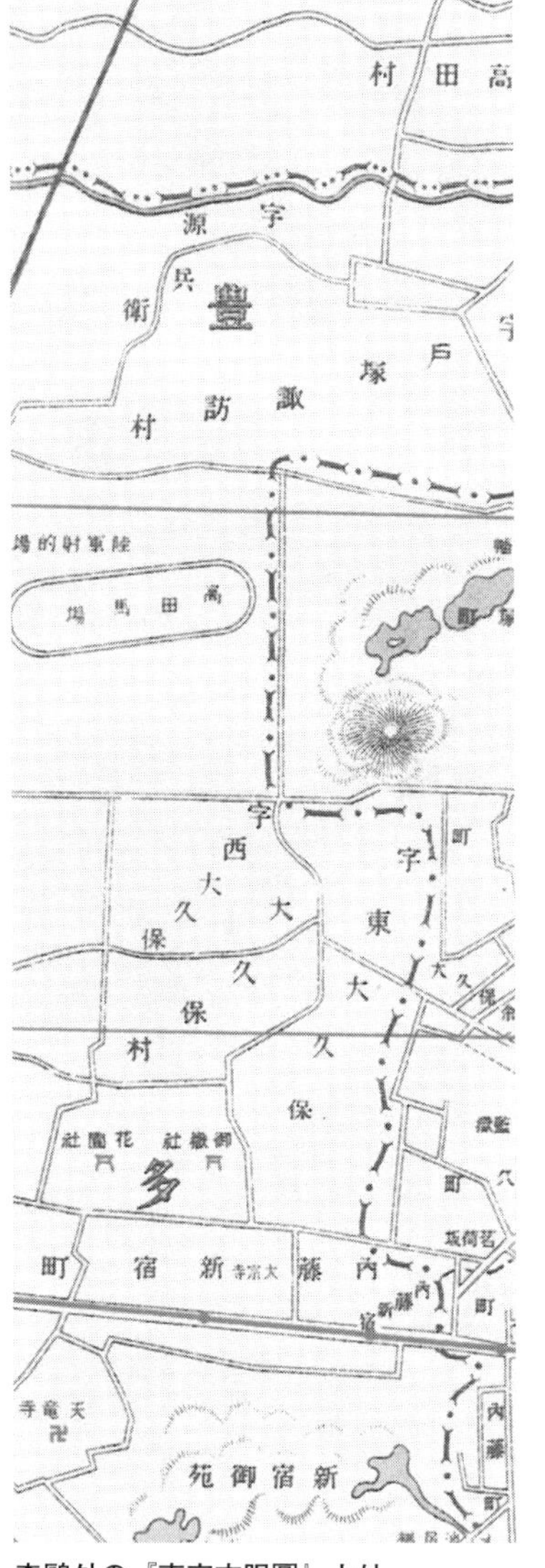

森鷗外の『東京方眼圖』より

小品で描いている（『小品叢書第九編・葉舟小品』隆文館・明治四三・四）。

愈々空の廣い郊外に來た。電車の窓から見ると、遠い丘の落葉した林がぽつと灰色に煙つたやうになつている。さも眠い目をそッと開けて居ると言つたやうな、午後の日の光が沈殿んだやうに力なく濁つて、丘や林や、その間々に新しく建てられて居る家を照らして居る。停車場を出ると、道が東から西に渉つて居る。長いまッ直ぐな通りに出た。兩側には落葉した雜木が何處までも立ち續いて居る。――細い、長い、しんみりした通りだ。西の端れには一群の森の樹が聳えて居る。

大久保に着いた。電車を降りてプラットホームに立つと、廣い野を吹き廻して居る冷たい氷のやうな風がひゆッと顔に吹きかゝる。（略）停車場を出ると、道の東から西に渉つている。長いまッ直な通りに出た。兩側に落葉した雜木が何處までも立ち續いて居る。

水野葉舟が描く冬景色の大久保郊外は、コートの襟を立てるほど寒かった。これが明治末年の郊外の風景である。

その葉舟が西大久保に住む以前の、明治三八年に早稲田大学を卒業して間もなくの頃、蒲原有明に連れられて藤村の家を訪ねている（「藤村追懐」『明治文学の潮流』紀元社・昭和一九・九）。この一文は、明治三八年ころから新宿西大久保の家賃の安い貸家の様子と、郊外が次第に市街化してゆく様相が見られる文章なので、少し長いが引用する。

その頃の西大久保は、まだ畑がそのまま殘つて居り、林、屋敷林、藪、それから當時の東京名物の一つだつた躑躅園も有るといふ村の様相を九分通り備へてゐて新開地になり始めの時分であつた。島崎さんの家は、新宿の電車終點――今の停車口の處で、新宿のあの賑やかな場所が、埃だらけの寂れ切つた場末町だつた――からはいつて間もなくの處に、鬼王神社といふささやかな村のお宮――小さくはあつたが清らかなお宮だつた――があり、その邊は少し前から住居を建てた人が集まつてゐるといふ場所、大きな盆栽植木屋、郊外住宅のかたまり、その出はづれといつた處に新しく建ち並びかけた家の一つであつた。前からの住宅街の中には小泉八雲さんの家もあつた。

西大久保の新居に初めての訪問の時、私をつれて行つてくれたのは蒲原有明君であつた。その家は北側の窓がすべてすぐ通りの道に向かつて開いてゐるといふやうな道沿の家で、その後柏木あの邊一帯にぞくぞく建てられた粗末な安普請の一つであつた。はいつて行くとささやかな庭に、四ツ目垣があり、鶏頭や朝顔、百日草など、よく農家が普通に植ゑてゐる草花が少しばかり植ゑこんであつたのが目に殘つてゐる。屋根の低いトタン張りの家で、どこか長屋の感じがした。

この閑静な大久保が喧噪の新宿になっていく様子を書いた文章がある。雑誌『新小説』（明治四四・五）が「東京研究」という特集を組んだ。そのなかに葉舟が「『東京』の印象」という一文を寄せている。新宿を「郊外」という視点から見た、四谷塩町から新宿まで市電に乗って観察するルポルタージュ式の文章である。

葉舟は「誰でも、この街を通る人は、必ず不思議な、不自然な心持のする中に入つた来た感じが起こるだらう」と新宿の遊郭を背景とした暗い町並みを描き、「電車は愈々雑多な騒がしい中に入つて行つた。何處にもかしこにも取り散らかしたり、掘り壊したりした蹟だらけ」の街を通り、物置場のような雑踏、鐵を打つ音、重いものが転がる音、それらに入り交じった、汽笛の音などの喧噪の中の自分を見る。

この喧噪は、新宿が近代都市へと変貌するための通過儀礼かもしれない。そして、葉舟は、郊外の町が都市化していくことを憂えている。四谷塩町、大木戸、新宿一丁目、新宿二丁目、新宿三丁目、新宿車庫前、角筈という市電経路の車窓から水野葉舟が見たように、確かに、新宿も人馬が往来する内藤新宿あたりは、埃がたつ雑踏であった。その宿場町としての汚れた風景を、葉舟は「灰埃」という言葉で表現する。「灰埃で汚れて濁った灰黒い色で、何もかも彩られて居る」

というように葉舟の気分はメランコリックになる。

ここを越して、一歩、大久保でも、柏木でも郊外の町に出てみると、物忘れしたやうに、今迄の雑踏が遠くなつてしまふ。そして、ひょつと、新宿のあの遊郭町の中を通つて来た心持ちを思ひ出して見たらば、必ず、「東京」が水にあふれて、次第々々その周囲を浸して行くやうに膨張して、何時となしに、郊外の町が、この端れの一郭を囲んでしまつた…事を思うだらう。

葉舟は物忘れしたような、雑踏から遠のいた大久保の静けさを「夜更けて歸つて來る途、大久保で電車を降りて停車塲のそとに出ると、急に眞暗な、廣い、しんとした處に置かれたやうな感じがした」（「春の夜」『草と人―水野葉舟小品集』文治堂書店）と言って、つかの間の静寂を葉舟の敏感な感性がとらえる。そして、秋の夜が更けた頃の西大久保、現在の大久保通りを歩きながら、耳に聞こえる情景を追っている。ちなみに、明治四四年当時は、現在の山手線新大久保駅はまだなくて（大正三年に百人町停車場として開業）、葉舟が降りた駅は、甲武鉄道（中央東線）の「大久保停車場」だった筈だ。その停車場を降りると東西に真っすぐな道があった。現在の大久保通りである。その通りのことが次の文章で描かれている。

西大久保から、甲武線の停車場の方について居る、一直線の道を歩いて來た。耳の周囲は寂然として、闇で、月は閉されたやうになつて居る。その中を歩いていくと自然と、野が廣々として、この大久保に、こんなに家が建てられなかつた、ずツと前の時の心持が感じられる。周囲で、さやさやと木の葉がすれ合ふ音がするを聞くにしても、家が兩側に建ち並んだ中では無いやうな氣がされる。

その大久保から、「大久保より」という随筆を、明治四二年八月七、八、一〇、一一日と『讀賣新聞』の「文學百方面」欄に寄せている。そして、同紙一一月二八日にも「大久保にて」を書いている。母親が涼を求めて西大久保に訪ねてくるが、ここも暑い暑いという身辺雑記である。こういうささやかな日常的な生活感がある郊外生活に、じわじわと都市化が蚕食されていく。

昭和初年の頃のことになるが、西大久保の小さな借家に住んでいて、この「大久保通り」に思い出を持っている前にも紹介した作家がいる。黒井千次だ。彼の随筆集、「身の底に潜む　土地と歳月の記憶」と銘打った『漂う―古い土地　新しい場所―』（毎日新聞社）に収めた「大久保通り　身の奥から浮かぶバス通り」で次のように回想している。

あたかも太い軸のように一本のバス通りが貫いている。両側に商店がびっしりと並び、次の新宿駅でぶつかる山手線と中央線の電車のガードを短い間に二つもくぐる道路である。昭和十年代であったから、まだ荷馬車が通ったり、リヤカーを引く自転車が走ったり、戦争が進むと木炭バスが白い煙をあげながら喘ぐように過ぎたりもした。

黒井はこの大久保通りが敗戦後に様変わりして、ハングル語が溢れるその姿に、重苦しい違和感を抱き、「大久保通りは、いつか自分にとって閉ざされた道」になったと言って、往時を偲ぶはずだった歩みを止め、踵を返して大久保駅に向かって足早に立ち去って行くのである。

ついでに書き足すと、掃苔を兼ねた文学散歩を好んだ作家の野口冨士男が、島村抱月の足跡を訪ねて新宿方面を歩き、「大久保通りの先にある若松町一円にかけて明治大正期にわたる文士村の観があって」(『私のなかの東京』文藝春秋)と言っているが、野口が言う若松町の文士村とは、小泉八雲、坪内逍遥、夏目漱石たちの著名文士たちが住んでいた土地で、貧乏文士たちが屯していた大久保文士村とはちょっと趣が違うのである。

閑話休題。さて、明治時代の大久保にたちかえり、遠藤清子の『大久保日記』(明治四四・四・一二)を見てみよう。

夏から秋にかけて叢々たる茅が、青々として茂る隣の家の庭の白桃樹もすっかり緑になつた。其庭の檜の間から、倶楽部の前の八重櫻が、紅雲をたなびいた様に見える。雲雀の聲がする。多分あの頑固な百姓翁の畑であらう。

大久保村が月に日に都會からあふれた人々の住家になつて、畑や林や田までが、だんく減つて行く時代の推移を、洪水を防がうと努力する人足のやうに、只一人「己の地面を一坪も東京の奴等には賣らない、貸さない、踏ませもしない。」と頑張つてゐる爺の畑である。さうして此處だけは、春は麥の青々と波うつ畑に、夏は茄子、胡瓜、南瓜などを作つて、毎日鍬をもつて畑をうなつてゐる。

こういう爺がだんだん郊外の大久保から撤退していく。この有様に葉舟は寂寥を感じるのだ。

この十二三年間に——これは一千九百年から、十三年頃までのことである——東京の郊外は、盲目のやうになつて奔出して來る都會の膨張の力で、すっかり人間の足に踏み荒らされてしまつた。林は伐られた。草叢は掘り返されて土が日に乾いてはしやいでしまつた。この中に生きて居たものの、腕が断たれ、裸体にされて、踏みにじられた姿が到る處に見られるのである（「切られた木」）。

郊外の大久保も、家が建ちすぎたので、少し倦んで寂れ氣味になつて居た時分の事である。初めの借家建ての安普請の家は、だんだん荒れて來て、生垣だけが目がこんで青々として時分。その見すぼらしい家の間に、いつと云ふことなしに、しっかりした邸宅が建ち始めた時分。私も大久保に住み飽きた時分であつた（「呼び売り」）。

と言って、雑踏から逃れるように、大正一三年に葉舟は三里塚に近い千葉県下総駒井野に転居して大久保を離れた。野尻抱影によると、駒井野の家は、「往還からずっと引っ込んだ畑の中の家で、自ら「ランプの家」と呼んでいた」という。そして、下総の七月の夜空の南中に現れる蝎座を仰ぎ見て、「窓ひらけば蝎きりきり尾をまきて／はさみをあげて光り横はる」と詠んだという（『星三百六十五夜夏』中公文庫）。葉舟は大久保の夜空にも、同じ蝎座を眺めたであろうか。

『草と人 水野葉舟小品集』
（文治堂書店・昭和49年版）

水野葉舟については、窪田空穂の「水野葉舟」(『思い出す人びと』窪田空穂文学選集・一)が、その人と文学を語っている。そのなかで、「水野葉舟君の創作を通じて、その最も華やかな、またその頂点を示しているものは、うら若い女性の描写であった」と水野文学を評するとともに、国木田独歩から、君は水野と親しい仲だから、「あの若さで、あんな上手な作ばかりしていると、今にきっと行きずまって書けなくなるよ。しばらく筆を控えて、真剣に人間と取り組めてやれと言われたことを伝えている。

また、柳田国男の「遠野物語」の成立に関与した佐々木喜善を柳田に紹介したのは葉舟であった。葉舟には、『遠野物語の周辺』(国書刊行会)という一冊があり、この三人の邂逅は、日本民族史にかなり重要な意味を持っているはずなのだが、たとえば、『日本近代文学大事典』(講談社)の「水野葉舟」の項には言及されていない。

前田夕暮の第二の故郷、西大久保

はつ夏の雨にぬれたるわが家の白き名札を悲しみにけり　　前田夕暮

歌人の前田夕暮（まえだゆうぐれ）は西大久保を第二の故郷となぞらえ、戸山ヶ原を短歌詠吟の原拠として愛した。一瀬幸三の「歌人前田夕暮と西大久保」（新宿郷土研究史料叢書第一〇冊・新宿郷土会・平成四・一）という一文があるが、ここでは、歌と文章とで構成された、西大久保の生活を年代記形式で綴った前田夕暮の『自叙傳體短歌選釋　素描』（八雲書林・昭一五）のなかから、明治四三年五月一日に、二八才になった夕暮が、栢野繁子（筆名・狭山信乃）と結婚して西大久保二〇一番地の青樫に囲まれた小さな門がある、三室ほどのささやかな家での生活を始めた時の回想から抜き書きする。

なお、冒頭の一首は、西大久保の家の小さな門に、初めて白い名札をかけたとき、外から帰って自分の名札を見るのは楽しかったが、それが雨に濡れたりしていると、うら悲しくなる、そのときの気持を詠んだものである。そして、青樫に囲まれた新居周辺の空気の澄んだ郊外の情景を描いている。

家を出てすこし行くと麥畑があり、はつ夏の野が青々と展望された。野にはうまごやしの花がうす紅く咲いてゐた。私達はこの花を狭い庭の隅に移植した。私達はまたすがすがしい緑の茎のさきにさみしい花をしろくつけた荒地野菊を野から根びいてきて植ゑ、北隣の今は故人になつた戸川秋骨氏夫人のお父さんに笑はれたりした。それが私達にはまたうれしかつた。私は、玄関の三畳を書斎にして机を据ゑた。窓の障子をあけると、垣根には月季花があかあかと咲いてゐた。

郊外西大久保の秋の夜は滿天の星座の下に静物のやうに置かれてゐた。青樫のなかのささやかな家居のランプの灯あかりが窓の障子にさして、こほろぎがリリリリとないてゐた。

三四人そがひになりて刈草を日にちらすなり秋風のなか

ひとところ夕日の光濃くよどむ野の低き地をなつかしみ行く

戸山ヶ原の作である。私は西大久保に明治四十三年から昭和九年六月まで二十五年間の間

棲んでゐた。（生れた村には一六、七年しかをらなかつた）で、西大久保は私の第二の故郷であつた。その第二の故郷に棲みついた長い「時」のながれのなかの戸山ヶ原こそは、いろ〳〵の意味で親しい交渉をもつてゐた。若し、私の過去の作品のなかから、この戸山ヶ原を削除したならば、可成り淋しいものになるにちがひない。私はこの戸山ヶ原を夕日ヶ原といひ、またただ草場とよんでゐた。それほどこの原の夕日は寂しく華麗であつた。秋になると草刈男があらはれて丈高き草を刈り、その刈草を日に曝らすべく、秋風に散らしてゐる黒い後向きの影がよく見られた。乾いた草はところどころに岡のやうに積まれ、その草の円い堆積が、夕日に赤く染まつてゐた。

私はよく戸山ヶ原に行つた。その頃の戸山ヶ原は、高馬場寄りの東南一面、身を埋めるばかりの草原であつた。その草原のなかを細い一本の路が雑木林のはしをうねつて戸塚の方に通つてゐた。秋になると、その野路をコトコトと音をたてゝ荷車を挽いた農夫が行つた。獨歩の「武蔵野」の光景そのものであつた。

前田夕暮『素描』（八雲書林）

その国木田独歩の『武蔵野』（新潮文庫）では次のよ

郵便はがき

料金受取人払郵便

王子局
承認

7032

差出有効期間
2024年11月
7日まで

114-8790

東京都北区東十条1-18-1
東十条ビル1-101

文学通信 行

■注文書 ●お近くに書店がない場合にご利用下さい。送料実費にてお送りします。

書名 冊数

書名 冊数

書名 冊数

お名前

ご住所 〒

お電話

読者はがき

これからの本作りのために、ご意見・ご感想をお聞かせ下さい。

この本の書名

お寄せ頂いたご意見・ご感想は、小社のホームページや営業広告で利用させて頂く場合がございます（お名前は伏せます）。ご了承ください。

本書を何でお知りになりましたか

文学通信の新刊案内を定期的に案内してもよろしいですか

はい・いいえ

●上に「はい」とお答え頂いた方のみご記入ください。

お名前

ご住所 〒

お電話

メール

うな書き出しで筆を起こしている。

「武蔵野の俤は今纔に入間郡に残れり」と自分は文政年間に出来た地図で見た事がある。そしてその地図に入間郡「小手指原久米川は古戰場なり太平記元弘三年五月十一日源平小手指原にて戰ふ事一日か内に三十餘度日暮れは平家三里退て久米川に陣を取る明れは源氏久米川の陣へ押寄ると載せたるは此邊なるべし」と書込んであるのを讀んだ事がある。自分は武蔵野の跡の纔に殘て居る處とは定めて此古戰場あたりではあるまいかと思て、一度行て見る積りで居て未だ行かないが實際は今も矢張其通りであらうかと危ぶんで居る。

この入間郡は埼玉県入間郡で、その武蔵野の所在は小手指原周辺（現在では西武池袋線の小手指駅が最寄りの駅となる）を指していると思われる。私が学生時代、この小手指原の近くの豊岡町（現入間市）に住んでいたことがあり、「小手指原古戰場跡」の碑がある雑木林のなかの小径をよくあてどもなく散策した。今にして思えば、あれが国木田独歩の武蔵野の原風景であったかと改めて感じ入っている。

また、独歩は、「昔の武蔵野は萱原のはてなき光景を以て絶類の美をならして居たやうに言ひ傳へてあるが、今の武蔵野は林である」とも言っている。前田夕暮が戸山ヶ原で見ている武蔵野は、草原(萱原)の光景である。しかし、独歩がかつて住んだ渋谷近辺は、落葉林の楢の木が葉を繁らせ、秋になると紅葉の林となる武蔵野であった。

閑話休題、再び前田夕暮の回想文を引く。

西大久保に初めて自分の家をもつた明治四十三年の翌年四月に、私は白日社の標札をかかげて雑誌「詩歌」を發行した。菊判八十頁。表紙は近所に住んでゐた正宗得三郎君が、若い女性が黒猫を抱いて珈琲を飲んでゐる木炭畫を書いてくれ、それを寫眞銅板にして印刷した。明治末に初めて私達はブラジルの珈琲の香をかぎつつ新しい文學を談じたものである。この時代の詩歌は、香氣ある珈琲の匂ひから生れて來たともいへる。

詩の雑誌の表紙に、若い女性が黒猫を抱いて珈琲を飲んでいる図柄は、竹久夢二が描く大正期のエキゾチックな雰囲気を伝えている。そして、香気あるブラジルの珈琲の匂いから生まれてきた詩歌というのは、萩原朔太郎の「ふらんすへ行きたしと思へども/ふらんすはあまりにも遠し」という「旅上」の一節を連想させる。前田夕暮は、まだ人家が密集していない西大久保の一隅で、珈琲の香りに包まれながら戸山ヶ原の夕景を遠望しつつ、つつましく、しかし文学の情熱をあかあかと燃やしながら送った。その西大久保の大正元年の郊外生活に馴染んできた様子をを次のように回顧している。

私達の新しき生活も三度目の冬を迎へる頃はすつかり郊外西大久保の人となり、根をふかくおろしたといふ感があった。初めての歳の郊外の冬はものものしい風の音と霜柱のきらきら光る寒さと、まだ新しい土地になじみえぬうとくしい気持ちを否めなかつたが、三年目には冬を迎えるといふことに親しみを感じたのであつた。

そして、大正五年七月に明治四三年から住み、庭の隅に一本のゆずりはが植えてあった西大久保二〇一番地から、同二四七番地に引移った。その家は、後藤静香経営の希望社のすぐそばで、フランスへ留学した吉江孤雁が住んでいて、「櫻の並木のある通りより七八間ほど奥に引き込んでゐて、東側の境に三四十尺の檜が八九本、森の入口のやうに立つてをり、二階から広い廃園が垣根越しにみられた。庭には吉江氏の記念の向日葵が咲きさかつて」という武蔵野の面影がやどる雰囲気であった。

なお、ここに出てくる後藤静香の希望社については、「大久保のぬし」の細田常治の大久保時代の回想で詳しく述べるつもりでいる。

もうひとつ、昭和四年に詠んだ「戸山ヶ原風景」と題した次のような一首がある。

一本の烟突が立てる風景の見ゆる限りは白堊の圓屋根

私が明治末年から住んでゐた大久保の地、隣接戸山ヶ原射場も、時代の推移に伴ひ、新しい白堊の累々たる圓屋根の工作物が出來た。それは露天射撃が近郊にいろ〳〵危険を與へるので、絶えず問題化した果てに、その危険を防備するために、海狸の巣のやうなコンクリートの圓屋根の工作物が、何個も原つぱに建てられた。これは全く新しい近代的な風景であつた。私は射撃のない祭日など、土手の上から見渡して感歎したものである。

前田夕暮は、深い感慨を込めて「西大久保は私の第二の故郷であつた。その第二の故郷に棲みついた長い「時」のながれのなか戸山ヶ原こそは、いろいろの意味で親しい交渉をもつてゐた。若し、私の過去の作品のなかから、この戸山ヶ原を削除したならば、かなり淋しいものになるにちがひない」とまで言っている。

しかしその戸山ヶ原に、「海狸の巣ようなコンクリートの圓屋根の工作物」が沢山出来て、土手の上から見渡す戸山ヶ原でかつて見た「この原の夕日は寂しく華麗であつた」という風景は消えてしまったのである。前田夕暮れが「感歎」したように、月並みに言えば、軍都新宿と呼ばれる軍国化の波が戸山ヶ原に押し寄せてきたということだろう。

前田夕暮の伝記物語を書いた『金の向日葵—前田夕暮の生涯』（村岡嘉子・角川書店）で、「大久保文士村」という章がある。岩野泡鳴、水野葉舟などが登場するが、「大久保文士村」の所在の明記がなく大久保文士村の考証もないのに不足を感じながら読んだ。

「武蔵野」の風情が残る戸山ヶ原

影のごと今宵も宿を出でにけり戸山ケ原の夕雲を見に　若山牧水

西大久保二〇五番地に新居を構えた吉江孤雁（よしえこがん）（喬松（たかまつ））に、処女散文集『緑雲』（如山堂・明治四二・三）という一冊がある。そのなかに収められた「郊外」という文章は、雪が小止みなく降り続く大久保の三月の風景を描いている。

　今降らずば時が無いとのやうに大きな切れの雪が小止みなく降つて來る。雨が加つた。風も出た。やがて霙となつた。地に落ちた雪は端から〳〵溶けて了ふ。途は一面の深い泥、窪地と云う窪地、溝と云う溝には泥水が溢れ出す。

そして、春のある日真っすぐに伸びる大久保通りを吉江孤雁は、煙草を燻らせながら歩く。

武蔵野に暮れて行く春の日の光は柔く、富士の姿は遠くに黒くなつて立つてゐる。夕暮の風は爽かで、例の長い一條の大久保の通りを歩いて行くと、極めて静かだ。

こういう風景の中に佇むと、吉江は「不圖遠く海岸に病を養つてゐる人」が胸に浮かぶ。そして、「たまらずに懐かしく」なり、「一層痛切に其人が思はれて來る」のであった。「其人」とは国木田独歩である。茅ヶ崎の南湖院で療養中の独歩のことである。その独歩は、大久保の地を愛した。朝早く、吉江を越しに来て、「爽やかな朝の空気を呼吸し玉へ」と誘いに来るのだった。吉江にとっては、大久保の風景に独歩が重なって見えるのである。『緑雲』に収められた「渡鳥」と「霜月」という二つの文章には、具体的には独歩は登場しないが、二人で散策した戸山ヶ原が詩情あふれる筆致で描かれている。孤雁が描いた自然の表情豊かな風景をもった戸山ヶ原は、今では想像もつかない。

吉江孤雁の処女散文集
『緑雲』（如山堂）

或夕方私は戸山の原へ出て、草の深く茂つた丘の上へ登り、入り日の後の鈍色の雲を眺めて立つてゐた。すると不意にけたゝましい音をたてて、空を鳴きつれて行くものがある。驚いて見上げると、幾百かの群鳥が一團となつて、空も黒くなるばかりに連なつて行くのであつた。それは私の立つてゐる丘から、さまで隔らない空の上であるから、羽音まで明らかに聞えて怖ろしい位であつた。が、不圖氣がつくと、私が立つてゐる叢の中へ、何か空からぽたんと落ちたものがある。草を分けて見ると、紅の木の實が一つ落ちてゐた。今過ぎて行つた渡鳥が、何處かの杜から啄で來たものを、誤つて此草原へ落としたのか、と思ふと、「はぐれたる木の實よ、漂白の鳥の翼に乘つて、何處の森より來りしぞ」とやうな、何か不思議な感じがした。其實を拾つて、鳥の行く方を見ると、もう其影は次第〳〵に幽になつて、入日の雲が幽かに明るい地平線下に沒して了つた（「渡鳥」）。

大久保の原は私等に取つて思ひ出の多い所だ。而て此處はまた落日を眺むるに尤も適してゐる。左手の杜からかけて半天黄金色を染め出す時、家並の續く町の角から不意に折れて此處へ出る時などは目ぶしい許り、其麗しさに思はず聲をたてずにゐられない。此處彼處、原上に群れてゐた小兒等さへ、手を叩いて、美しい空よ、美しい空よと云つて駆けまはる。遠く飛んで行く水鳥の影も空へ寫るやうだ（「霜月」）。

しかし、田山花袋の『東京の近郊』（実業之日本社・大正五・四）によると、この辺は、大正初年頃から俗化して、戸山ヶ原も前田夕暮や吉江孤雁が散策した風景は消えつつあった。農村が市街地と変貌していく傾向は、すでに、大正初年の大久保界隈からその兆候が急速に進んでいった。花袋が「都会と野との接触点」と言った、それは日本の近代化と歩調を合わせる都市化の姿である。花袋は述懐する。

私はこの都会と野との接触点を歩いて見たことがあつた。私は私の家を出て、新町通りを歩いて、それから淀橋に出て、引きかへして、汽車で大久保に行つた。大久保はすつかり俗化してゐた。昔歩いた戸山の原あたりも以前のやうな野趣を持つてゐなかつた。私の知つてゐる林はすつかり切り倒されてゐた。諏訪の森から目白台を見た景色はちょっと好い感じのするところであつたけれど、今では二階屋だの大きな家だのが建てられて、畠道をずつと横ぎつて行くことも出来なくなつてゐた。

若山牧水は、明治四五年五月、長野県出身の歌人太田貴志子と結婚して、新宿二丁目一四の新宿通りに近い森本酒店の二階で新所帯を持った（『新宿の散歩道』）。その六年ほど前の、明治三八年八月から止宿していたのが、西大久保四三四番地。「戸山が原にて」と題した、戸山ヶ原の寂れた一首を詠んでいる。

衰へてひとの來るべき野にあらず少女等群れて摘草をする　牧水

岩野清の『大久保日記』の明治四三年五月三日に次のような記事がある。

前田夕暮氏來訪。暫らく戸山の原を散歩しないから行かうではないかと被仰つた。私もお伴した。草箒を逆に立てやうだつた雑木林は緑色の着物をきた。土色に枯た柴は、青天鵞絨の裀になつた。

この頃の戸山ヶ原は少しずつ荒んできた。それに、戸山ヶ原は明治七年に軍用地となり、明治一五年に近衛隊の射撃場が開設されて、徐々に軍用地としての用途が広がり、庶民の遊びや散歩を遠ざけていった。戸川秋骨は、その戸山ヶ原について「戸山の原は東京の近郊に珍しい廣開した地である」と言って次のような文明批評の炯眼をうかがわせる文章を書いている（「霜の朝の戸山の原」『そのまゝの記』）。

戸山の原は、原とは言へども多少の高低があり、立樹が澤山にある、大きくはないが喬木が立ち籠めて、叢林を爲した處もある。そしてその地上には少しも人工が加はつて居ない。全く自然のままである。若し當初の武蔵野の趣を知りたいと願ふものは此處にそれを求むべきであらう。高低のある廣い地は一面に雑草を以て蔽はれて居て、春は摘み草に兒女の自由に遊ぶに適し、秋は雅人の擅まゝ散策するに任す。四季の何時と言はず、繪畫の學生が此處其處にカンヴァスを携へて、この自然を寫して居るのが絶えぬ。まことに自然の一大公園である。最も健全なる遊覽地である。その自然と野趣とは全く郊外の他の場所に求むべからざるものがある。凡そ今日の勢、苟も餘地あれば其處に建築を起こす、然らずともこれに耒耜(らいし)を加ふるに躊躇しない。然るに如何にして大久保村の邊に、かゝる殆んど自然のそのまゝの原野が残つて居るのであるか。不思議な事には、此れが實に俗中の俗なる陸軍の賜である。戸山の原は陸軍の用地である。その一部は戸山學校の射的場で、一部は練兵場として用ゐられて居る。併しその大部分は殆ど不要の地であるかの如く、市民若くは村民の蹂躙するに任してある。騎馬の兵士が、大久保柏木の小路を隊をなして馳せ廻はるのは、甚だ五月蠅いものである。否五月蠅ではない癪にさはる。天下の公道を吾がもの顔に横領して、意氣頗る昂る如き風あるは、吾れ等平民の甚だ不快とする處である。

秋骨が訴える「吾れ等平民の甚だ不快とする處である」を代弁する、堺利彦や荒畑寒村とも交流のあった土岐善麿に次のような詩がある。

一隊の兵士に路を譲りしが、佇めるほどに、泣きたくなりつ。

それでも、戸山ヶ原の草原の風景を愛した画家がいる。相馬黒光の中村屋のアトリエにいて、ロシアの盲目の詩人エロシェンコの肖像画で有名な中村彝（つね）である。中村は、牛込にある愛日小学校高等科（現・新宿区立愛日小学校。この学校には、私の祖父華山も通っていた）に通い、明治三三年五月、一三歳の時に豊多摩郡大久保村大字東大久保二三六番地に転居した。そして、二一歳になった明治四一年の秋に、戸山ヶ原に近い、大久保百人町一二二番地の杉村時計店の二階に仮寓した（「中村彝年譜」『中村彝の全貌展図録』茨城近代美術館）。このころの画題風景として、戸山ヶ原が印象深く、彼の胸中に焼き付いたのかもしれない。次は、伊原弥生宛の手紙の一節である（米倉守著『中村彝運命の図像』日動出版・昭和五八・九）。

今時分になるとあの広い草原の草刈の群が大きな鎌をふるって草を刈って居る。軍馬の飼葉にするそれ等の草が方々に小山の様に積まれ、それを運搬する馬車や馬方や、彼等の「のみさし」の土瓶等が方々にちらかつて居る。夕方になると、原のはづれの櫟林から静かに「夕日」が現れる。真黒い森の繁みからは、大きな「カンパス」を背にかついだ「絵かき」が黄金の地平線に表はれて、静かに大久保の方へ帰つて行く。僕等はよく何時までもそこの小高い丘の上に立つて、焼芋などを噛りながらぼんやりとそれ等の光景を眺めて居たものです。僕は秋が大好きです。

そして、画友中原悌二郎宛への手紙でも、戸山ヶ原を原風景のように思い描いている。

朝夕の露けさに戸山の露を思ひ浮かべて（知つてるかい戸山の露は？あの戸山の原一面に生えた紫色の毛虫草に、玉なす露を浮かべて清らかな朝日を受けて銀色に煌くんだ）戸山恋しの情に燃える事がある。此度帰へつたら大久保辺へ引越さうかと思つてる…

新宿歴史博物館開館一周年記念特別展の図録『描かれた新宿』には、萬鉄五郎の《戸山ヶ原の冬》、《戸山ヶ原の春》や小島善太郎の《戸山ヶ原》などの風景画が掲げられている。

また、同じく新宿歴史博物館が、平成一六年三月から開催した「描かれた新宿」展では、佐伯祐三の《下落合風景画》が特別公開された。その展示絵画の一つに、高田馬場で生まれた、濱田熙の《戸山ヶ原楢・栗の林のところから北方を見る》があった。素朴な水彩画のタッチが戸山ヶ原の良き時代を偲ばせていた。

幻のテーマパーク戸山ヶ原

ねがはくば戸山が原の赤樫のかげに木洩れ日あびて眠らむ　　並木秋人

戦前、陸軍練兵場であった戸山ヶ原は、戦後、都営住宅、早稲田大学理工学部と文学部、学習院女子大学、そして国立国際医療センターという現代都市機能が集中している戸山地区となった。

この陸軍練兵場と現代都市との狭間に、もうひとつの幻の戸山ヶ原が存在した。それは、この戸山ヶ原に競馬場があり、ここからゴルフ倶楽部が誕生し、野球場もあったのである。話は、文士村から離れるが、かつて文士が散策し、画家がカンヴァスを抱えて画題を求めた、失われた戸山ヶ原の幻の歴史を追ってみる。

日本最初といわれる洋式競馬場は戸山ヶ原（西大久保四丁目南半分）に、明治一二年、米国大統領グラント将軍夫妻の来日歓迎のために突貫工事で完成し、八月二二日に、明治天皇も出席して、競馬会が開催された。そして、官民共同競馬会の第一回は、明治一二年一二月三〇日に開催された。皇族をはじめイタリア皇族セノワ侯および大臣参議陸海軍の将校たちが来場。一等は、鹿児島産アララキンベで、賞品は花瓶と四五円の賞金であったという（芳賀善次郎『新宿の散歩道—その歴史を訪ねて—』三文社）。この競馬場は、その後、上野池之端から目黒へ移り、昭和八年に府中に移転した。現在の府中競馬場の歴史をたどれば、戸山ヶ原競馬場にたどり着く訳である。

戸山ヶ原に誕生したゴルフ倶楽部については、井上勝純著『ゴルフ、その神秘な起源』（三集社・平成四・二）に紹介されている。

持病の心臓病治療のために運動にゴルフを選んだ鳥羽老人なる人物が、戸山ヶ原の草地を利用して、簡単なゴルフの真似事のようなことを始めたのが発端となり、同好の士が集まりだした。正式なコースがあったわけではない。ティイング・グランドといくつかのホールを造って、草野球ならぬ草ゴルフである。それがこうじて、大正一三年に「戸山ヶ原ゴルフ倶楽部」が誕生した。日本でコースを持たない、人呼んで「アパッチゴルファー」のクラブである。その発会式の模様が次のように伝えている。

大正一三年一月一三日の日曜日の午前九時から会員八十人が参加して開催され初練習を行っている。ただし戸山ヶ原ゴルフ倶楽部といっても、陸軍練兵場の兵隊の練習がない時間にもぐりこんでゴルフをプレーするもので、練兵場当局が黙認しているというものであった。

したがって、やがてゴルファーが増加してくると、エチケット・マナーの乱れがでて、練兵場の兵隊の訓練に支障を及ぼすようになり、この戸山ヶ原コースも閉鎖しなければならなくなるのである。

結局、このゴルフ倶楽部は紆余曲折があって、現在の平山城址公園付近に土地を獲得して、「武蔵野カンツリー倶楽部」となったと、先の本は伝えている。このコースは昭和一三年に閉場したらしい。

そしてまた、野球場もあった。それは草野球ではなく、大正九年に東京実業団野球大会が、三六のチームが参加して開催されたという（サイト「ＪＲ東日本硬式野球部の歴史国鉄野球の歴史」）。

この野球場は、戦後に本格的な球場となるはずであった。『裏方ひとすじ清水達司伝』（清水達司伝刊行委員会・昭和五三・五）の「幻の戸山ヶ原球場建設プラン」でその経緯が述べられている。清水は、プロ野球リーグ戦の入場者ファンの整理と場内整備の仕事を請け負っていた高木会を率いていた、いわば、プロ野球発展史の裏方家業を生涯の仕事とした人物である。

それによると、清水は自分が住んでいた戸山ヶ原に目をつけて、ここに野球場を建設したらどうかということを、当時の日本野球連盟会長の鈴木龍二に提案した。話は進んで、緑地内施設設置の東京都の認可も降りて、大蔵省関東財務局に「雑種財産売払申請」をするところまで漕ぎ着いた。読売の正力松太郎も、後楽園球場だけでは、将来不足するであろうと、この案に賛成し、戸山ヶ原二十万坪を買収して、野球場や自然動物園がある大遊園地建設構想を立てたのであった。

ところが、進駐軍都軍政部から、戸山ヶ原は住宅建設用地とするようにとの断案、鶴の一声が下され、戸山ヶ原球場は幻となったのである。もしここに野球場や自然動物公園などが完成し、戦後の野球ブームに一役買い、庶民の健全な娯楽施設が出来ていたら、はたして、歓楽街の歌舞伎町が誕生したかどうかと思うのも、いまさら詮無いことである。先の「戸山ヶ原ゴルフ倶楽部」でも、井上勝純は「わが国においても、戸山ヶ原の原っぱに集まった庶民のゴルフ愛好家たちの「戸山ヶ原ゴルフ倶楽部がもしセント・アンドルーズのような形で発展していたら、日本におけるゴルフの発展は今日とはまったく異なった展開を示したことであろう」と言っている。歴史の「イフ」である。

「イフ」といえば、江戸川乱歩の「怪人二十面相」の隠れ家が戸山ヶ原だったという。それだけの話だが、付け加えておく。

一九三二年生まれの黒井千次が西大久保に住んでいたころの本格的な遊び場は、新大久保駅と高田馬場駅の間で山手線をまたぎ横たわる原っぱの戸山ヶ原だったと「戸山ヶ原周辺」(『散歩の一歩』講談社)で回想している。しかし、その遊び場は、すでに陸軍射撃練習場があり、「分厚いカマボコ型の長い構築物が横に幾列も並び、実弾射撃の音を響かせていた」のである。この延長線上に、戦後、「軍都・新宿」という異名を冠された戸山ヶ原がある。

その「軍都・新宿」と呼ばれる戸山ヶ原は、一九三四年生まれの筆者の戸山ヶ原でもあった。幼年時代の遊び場としての戸山ヶ原の記憶は薄い。従って、その思い出はあまり芳しいものではない。「鬼畜米英」の太平洋戦争（大東亜戦争）が始まって、本土空襲の危険が迫って来た頃、父と小さな庭に掘った防空壕避難時代の高射砲陣地の戸山ヶ原である。敵機が本土上空に飛来するようになると、上空彼方に編隊するＢ２９に向かって空しい放射を繰り返し、夜間に空襲警報が鳴ると、そこから幾筋かの探照灯が夜空に交差して動いていた。

手作りの防空壕は、掘った穴の天井部分に、戸板を載せて土を盛るという、カモフラージュしたかのようなウナギの寝床状のもので、家族三人が膝を曲げて坐るほどの広さ。夜中に警戒警報が鳴ると、眠い目をこすりながら暗がりの中、母の作った手作りの防空頭巾を被って、その防空壕に避難して空襲警報解除のサイレンをじっと待っていた。

この幼年期に体験した心理的圧迫感は、後年、閉所恐怖症の症状として発症し、一時、各駅では止まらない急行電車には乗れない日々が続いた。小さな戦争体験である。

大久保文士村界隈に流れていた蟹川

春あさき林の湿地ゆふかげはふかくまともに射しいりにけり　尾山篤二郎

大久保文士村近辺に蟹川（かにがわ）という細流があったらしいということを知ったのは、栗田彰の『江戸の川あるき』（青蛙書房）を手にしたときだった。その「四谷・早稲田・新宿」の項に「蟹川」という項目があった。それによると、『江戸切図絵』に新宿区の弁天町に現存している山鹿素行の墓がある宗参寺の辺りと、早稲田の田地からの流れが合流して江戸川につながる水路が描かれて、その宗参寺のほうからの水路に「加ニ川」と書かれているというのだ。

これには驚いた。その後改めて、芳賀善次郎の『新宿の散歩道―その歴史を訪ねて』（三交社）を見たら「蟹川」の細流には諸説があるらしいが、新宿歌舞伎町あたりを水源として、西大久保辺りを蛇行して、尾張徳川藩の下屋敷だった回遊式庭園があった箱根山（戸山山荘）を経由し、早稲田の大隈重信の屋敷の側を通って、神田川に注ぐということであるらしい。

ここに出てくる箱根山（戸山山荘）については、少し説明が必要かもしれない。戸山ヶ原は明治通りを挟んで、大久保三丁目と戸山二、三丁目にまたがっている。この戸山ヶ原は、すでに触れたように江戸時代は尾張徳川家の下屋敷だった。そこに、二代藩主の徳川光友によって、回遊式庭園「戸山山荘」として整備され、箱根山に見立てた築山の玉円峰と小田原宿を模した建物などがしつらえられ、有数の大名庭園として評判だった。この庭園に池があり、その池は蟹川と接していたという説もあって、蟹川の流れが箱根山を経由していたという。

この戸山山荘にあった六五〇メートルほどの巨大な池は、人工で掘ったものではなく、蟹川を堰き止めたものだと、田中正大著『東京の公園と原地形』（けやき出版）は指摘している。そして、蟹川の流れについて次のように説明している。「神田川とは比べようがないほど小さい川だが、長延寺川が新宿から東に流れて、飯田橋の方へ至っていた。神田川と長延寺川に囲まれた台地をほぼ二分するように、新宿から北の早稲田の方へ流れているのが蟹川である」と次のように言っている。

蟹川の水源は現在新宿の歌舞伎町あたりにある。意識しないと気づかないほどの傾斜しか認められないものの、ここから1キロメートルほどの下流の西向天神のあたりはかなりの崖をつくっていて、この崖の東側の台地の西端に西に向かって建っているのが西向天神である。

（略）蟹川は早稲田大学のキャンパスの南をかすめて、北の神田川に注いでいる。川がまさに武蔵野台から沖積地に出ようとした出口のところで、川を堰き止めたのが戸山荘の池であった。

田中説で蟹川の源流を歌舞伎町あたりとしている元コマ劇場があった辺りは、江戸時代は旧長崎藩主大村家の別邸で、雑木林のある鴨猟ができる沼地だった。一方、内藤新宿の北町にある大宗寺の池が源流だとする説もある。

また、小泉一雄の『父『八雲』を憶ふ』で、鷺を飼う話があって、その頃の大久保の様子を次のように語っている。

當時大久保村の前田侯爵家の別荘地内には今日の如く藩士連の住宅は建並んで居ませんでしたし無論電車線路などは敷設してありませんでしたから、田、畑、林、森、藪、池等各廣い地域を占めてゐました。時折鴨猟が行はれるとか云ふあの廣い池の邊の藪や林には春から夏へかけて諸々の種類の鷺が集り（略）、牛込の空を西の方へ飛んで行く鷺の群れを見る毎に、大人も、子供も、「あれは大久保の加賀様の森へ帰るのだ」と申しました。又西の方から飛んで來る群をみては、「あれは大久保から出て來たのだ」申してゐました。

右の回想に、「時折鴨猟が行われる広い池」という蟹川の水源地を思わしめる記述がある。しかし、いずれにしても現在では、源流近辺は人家が密集し、ビルが立ち並んでこれと定めがたく、その細流も暗渠となって姿は見えない。そこで『江戸名所図会』や『東京実測図』などを参照しながら細流を追い求めるのである。田中正大の著作では、「谷戸」をキーワードとした論考「大名庭園と谷戸」で、蟹川と戸山山荘の庭園についてその地形などを調べて詳論している。ところで、夏目漱石の自伝的小説の『道草』に蟹川の源流らしきものの記述がある。この小説は風景描写が少なく、それでも漱石がよく散歩した大久保近辺の断片的な描写がある。

坂を下り尽すと又坂があって、小高い行く手に杉の木立が蒼黒く見えた。丁度その坂と坂の間の、谷になった窪地の左側に、又一軒の茅葺があった。（略）葭簀の隙から覗くと、奥には石で囲んだ池が見えた。その池の上に藤棚が釣ってあった。水の上に差し出された両端を支える二本の棚柱は池の中に埋まっていた。周囲は躑躅が多かった。

この池は内藤新宿北町の太宗寺近辺の描写であるらしく、別に「冬木立と荒れた畠、藁葺屋根と細いながれ」という一節もあって、「躑躅が多かった」とあるのは、大久保の躑躅を指していると言えようか。というのは、蟹川の源流は太宗寺の池だとする説があるからだ。芳賀善次郎によると「太宗寺東側にそった細道を北に行くと、本堂裏に当たるところに、池のある新宿公園がある。もとは太宗寺の庭園の一角だった（略）。この池はまたカニ川（金川）の水源になっていた。カニ川は、歌舞伎町の池を水源とする小川を天神小学校南で合わせて北流し、戸山ハイツから鶴巻町に流れていた」ということであるらしい。

岩野（遠藤）清の『大久保日記』に「倶楽部の前の田には螢がしきりに飛んだ」とある。大久保文学倶楽部の「前の田」とあるが、近くに蟹川が流れていて、清の文章から清流を好む蛍が淡い光を残して飛んでいたとも読み取れる。それに、新宿角筈に住んでいた画家の三宅克己がその近辺の風景を「くぬぎ林、欅の森、麦畑、細流」（『思ひ出つるまゝ』）と言っている。その「細流」は蟹川かもしれない。

そしてまた、井伏鱒二がこの細流について「早稲田の森―街のなかの森」（『早稲田の森』新潮社）で語っている。狢や雉や澤蟹のいる「箱根山」の話から次のように話が及ぶ。

この山から流れて出る細川を芭蕉川と云っていた。水源は森の深いところから發していたようだ。それが山下の兵隊屋敷のなかを通りぬけ、馬場下の東光館という下宿屋のわきから早稲田中學の校内を通り、早大前の水澤材木店のところから暗渠に入り、關口大瀧の瀧壺の下手にそそいでいた。昔、江戸時代に關口の疏水工事が施される前、芭蕉川は關口の上手にそそいでいたが、工事に關係していた松尾芭蕉が少し下手にそそぐように水路を變えた。本流の井ノ頭上水を清浄に保たせて神田川へ入れるため、洪水のときなど支流の濁水を上水取入口の下手に放水させたのであった。つまり芭蕉が手がけたからこの支流は芭蕉川と云っていた。

という訳で、井伏はこの芭蕉川の成行が知りたくて、近くの「三朝庵」という蕎麦屋の隠居の話などを聞いたりしている。俳聖松尾芭蕉が、若いころ浚渫工事請負人だったという説があり（大松騏一著・松本市壽監修『神田上水工事と松尾芭蕉』神田川芭蕉の会）、森川許六の『風俗文選』（一七〇六・京都・井筒屋庄兵衛印行）に芭蕉は、「嘗世為遺功、修武小石川之水道、四年成」（かつて、世に功を遺さんがため、武蔵の小石川の水道を修め、四年にして成る）とあるのが、その根拠だとされている。それで、井伏も芭蕉が手掛けた川として芭蕉川と言っていた。ところが、地元の人たちがこの川を「蟹川」と呼んでいることを知って、「川の名前としては蟹川と云った方が素直でいいような気持ちがする」と言い、「暗渠川と云った方がまだ自然かもわからない」とも言っている。この蟹川は、その他に「加ニ川」、「カニ川」、「金川」という名称がある。そして、この細流の川辺には蝉やトンボが沢山いたし、実際に「澤ガニ」も沢山いたと井伏は書いている。

井伏鱒二が言うように蟹川は暗渠(あんきょ)になっている。暗渠川だ。『建築用語辞典』(オーム社)で「暗渠」を見ると以下のように解説している。「地下に埋設した水路のこと」で、「暗溝」ともいう。そして、「蓋をして分からないようにした水路をも暗渠」と呼び、その反対語が開渠(かいきょ)という。簡単に言えば、都市計画整備で、細流はコンクリートで塞がれたか、水脈を閉ざされてしまったのである。その流水の跡を追うのは難儀だ。

先に見た栗田彰の『江戸の川あるき』でも、『江戸名所図会』をたよりに蟹川を実測しようとするが、新宿文化センターあたりに西向天神(『図会』では「大窪天満宮」)があり、天満宮の前に蟹川らしい流れが書いてある。その流れに沿って追っていくと、大久保通りのコンクリートの壁に突き当たる。そこからの先は「見当つけて」戸山二丁目にたどり着くといった塩梅だ。『東京「暗渠」散歩』(本田創編著・実業之日本社)から、蟹川付近の暗渠となっている川を拾うと、紅葉川(新宿)、桃園川(杉並・中野)、江古田川(練馬)、弦巻川(豊島・文京)などがある。ひと昔前の東京(江戸)は、水郷という環境にあったようにも思える。

それに、「水利は東大久保村が内藤新宿から流れてくる細流と、諸所に清水が湧き出たのを利用したのに対し、西大久保は「天水を待て耕植す」(『新編武蔵風土記稿』)という状態にあったから、細流の所在も掴み難い。

ただ、『新宿文化絵図—重ね地図』(新宿区地域文化部文化国際化)というのがあって、「江戸・明治・

現代重ね地図」の「新宿・大久保」にしつらえてある重ね地図の「江戸」を見ると、「松平志摩守直温」の屋敷の池から出ている細流があり、また一方、西大久保村の全龍寺近辺を流れる細流があって、東大久保村を経て、この二つの流れが西向天神辺りで合流し、底湿地の字砂利場を通って、箱根山に至る水路がはっきりと描かれている。この細流には名前が表記されていないから何ともいえないが、蟹川の痕跡のように見える。それに、『戸塚町誌』（戸塚町誌刊行会・昭和六）に次のような蟹川の記録がある。

栗田彰『江戸の川あるき』（青蛙房）より

　太田道灌の狩に出し地として人口に膾炙す、金川、加奈川、加ニ川とも書かれてゐる。下戸塚舊尾州藩戸山の池より發し、馬場下を過ぎ、早稲田村中里村を經て、牛込山吹町小日向松ヶ枝町を經て江戸川に入る、一名戸山落ともいふ。

平成二二年頃だったか、筆者が早稲田大学オープンカレッジの『新宿学』で「大久保文士村」の話をして「蟹川」の流れのあったことを言い添えると、聴講の老人が、「その蟹川で蟹をとって食べた」と発言したのには、蟹川が目の前に流れているような錯覚にとらわれて驚いた。

この蟹川に強い関心を抱いた知友がいた。野坂昭如が激賞した『八千代の三年―昭和一九年から二十二年秋へ』（風媒社）がある、大久保小学校の先輩で作家の水澤周さんだ。暗渠となった細流を『江戸名所図会』などをたよりに歌舞伎町から西大久保、そして早稲田の大隈重信旧宅などの経路を踏査して、「蟹川考―消えてしまったちいさな川を追って」という遺稿がある。

なお、井伏鱒二の「早稲田の森―街のなかの森」の一文は蟹川探索記で興味ある方には一読を勧めたい。

夏目漱石『三四郎』の大久保仮寓

たちいでてとやまがはらのしばくさにかたりしともはありやあらずや　会津八一

夏目漱石門下の小宮豊隆に『落葉集』（春陽堂・大正一二・五）という随筆集があり、そのなかに「戸山の原」という一篇がある。二人の子供を連れて、戸山ヶ原に遊びに来た。ところが子供達は、父親の腰にしがみつき、菓子を頬張ったりするが、広い原っぱに気後れしたのか、他の子供たちがしているように駆け出そうとしない。そして、電車を見に行こうという。父親は訝る。しかし、子供に従って、丘にのぼり電車を見る。何台かの電車を見送ったあとに、やっと子供たちは、その丘を登ったり降りたりして、汗だくになる。「彼方の原の方では飛び跳ねる気にならずに、此所の櫟林のだらだら丘ではかう栗鼠かなぞの様に活躍する気になった」のかとの疑問を抱いて、遊びと風土（環境）という関係を子供たちの心理的動作に見ている。

ところで、夏目漱石は新宿区牛込喜久井町（江戸牛込馬場下横丁）で生まれた。そこに「夏目漱石誕生の碑」が建っている。実は、金之助は里子に出され、漱石の死生観の序章ともいうべき運命の一幕を暗示する「道具屋の我楽多と一所に、小さな笊の中に入れられて、毎晩四谷の大通りの夜店に曝されていた」（『硝子戸の中』）という一文がある。

それはともかく、漱石は、大久保に住んだわけではないが、小説の舞台に大久保を使っている作品がある。『三四郎』だ。それは後程のべるとして、漱石は散歩の足を大久保近辺までのばすことがあったらしい。時代は前後するかも知れないが、漱石の日記（『漱石全集日記及断片』第一三巻・岩波書店・昭和四一・一二）に、「昨夕大久保から戸山を散歩す。土乾かず、護謨の上を歩るく様な所あり。森の杉赤黒く見ゆ」（明治四二・三・一五）、同日、「散歩の時、鈴木春吉に逢い、共に靖国神社の梅を見る」（荒正人『増補改訂―漱石研究年表』集英社）とあり、その注記に、「両者は互いに初対面で金の持ち合わせがなく、翌日まで飲み続ける。ついに料理屋は、警察を呼んできたという」とあるのが面白い。そして大久保散歩の続きでは、「市谷大久保散歩」（五・三）、「大久保散歩躑躅赤し」（五・八）などと記している。そして、あるいは散歩の足を延ばして抜弁天あたりまで行ったかもしれない。そこの専福寺という寺に、月岡芳年の墓がある。月岡は大久保に生まれた、幕末から明治にかけての浮世絵師だ。歌舞伎の残酷なシーンや戊辰戦争の戦場での血だらけの兵士の無残な筆使いでちょっとおどろおどろした絵が残されている。真偽のほどは知れないが、漱石が芳年の残酷な一幅を買ったが怖くて手放したという話もある。

戸川秋骨の随筆『知己先輩』（『文鳥』）にも、戸山ヶ原射的場の近くを歩いていた漱石に出会った時のことを書いている。

先生の亡くなられた年、即ち大正六年の十月の事であつた。私は少しばかりの用事を帯びて戸山ノ原を通りさる人の許に行かうとして、その射的場の邊りを歩いてゐた、すると向ふからやつて來たのは漱石氏であつた。丁度よいから私の宅まで來ませんかと勧めたが、先生は運動に出たのだから他人の家へ這入つて話し込んでは却つてよくないのだと言はれるので、其處で立話を始めた。

足が草臥れるほどの立ち話は二、三十分も続いて、漱石の『明暗』の批評にまで及んだといっている。気難しそうな印象とは違って、漱石は話し好きであったらしい。という秋骨も話好きで、樋口一葉を訪ねて長っ尻。「あな、うたてな哲学者よな」と日記に書かれるくらいであったとか（『座談会明治・大正文学史2』岩波現代文庫）。ちなみに、漱石の没年は、大正五年である。秋骨の勘違いだろう。その漱石が、青春小説『三四郎』に登場する野々宮宗八の仮寓を大久保に設定したのは、戸山ヶ原近辺の散歩から思いついたのかもしれない。

この野々宮は、寺田寅彦がモデルだという説がある。そこで、一般には寺田寅彦が大久保に住んだことがあるらしく伝聞されている。筆者が西大久保に住んでいた頃の幼なじみに、誰彼が大久保に住んでいたという話をしたときも、寺田寅彦の名前が挙がった。

ところが、『寺田寅彦全集』（岩波書店・昭和二六）全一七巻の「年譜」、「日記」（明治四〇年が欠落）、「書簡」などからは、大久保に住んでいたという形跡は見られない。この小説の時代設定近辺である、明治三八年から明治四一年頃の寺彦の住居は、小石川区原町一二番地であり、その後、原町十番地に転居している。それにしてもどうして、漱石が野々宮を大久保に住まわせたかという、読者が抱く単純な疑問には、夏目漱石研究の万巻の書に論証済みかもしれない。だが、あえて賢しらな解釈を加えれば、大久保駅近くで起こった、若い女性の轢死事件に連想されて、「危ない、危ない」といいながら、自分は危なくない地位に立っている、事件の外にいて、それをアレコレと論評する、「水蜜桃をくれた男」を評した三四郎の〈批評家への批判〉を設定するために、野々宮を大久保駅の近辺に住まわせたのではないだろうかと推測している。

次の一節は、大久保と漱石を語る人が必ず引用する文章である。線路際の入り組んだ竹藪のある小路に、不規則に建てられた借家の様子が見事に描かれている（『夏目漱石全集』5・ちくま文庫）。

　大久保の停車場を下りて、仲百人町の通りを戸山学校の方へ行かずに、踏切からすぐ横へ折れると、ほとんど三尺ばかりの細い路になる。それを爪先上がりにだらだらと上ると、疎な孟宗藪がある。その藪の手前と先に一軒ずつ人が住んでいる。野々宮の家はその手前の分であった。小さな門が路の向にまるで関係のないような位置に筋違に立っていた。はいると、家がまた見当違いの所にあった。門も入口もまったく後から付けたものらしい。

漱石がこの小説を書いている頃は、大久保駅付近には轢死事件が多かったらしい。戸川秋骨の『郊外日記』(『太陽』明治四三・六)の六月五日の「浮世床」の項にある理髪店の世間話にも、「昨日昼間此の大久保の踏切り付近に轢死があった」と噂していることが書かれている。また、国木田独歩の「郊外」という短編にも「踏切の八百屋」が登場して、自分の家の側の踏切での鉄道往生をする話が出てくる。これも大久保の踏切だろう。

大内力も「百人町界隈」の文章の書き出しは、漱石の『三四郎』の踏切の話から始まっている。そして、独歩の『窮死』という作品は、独歩が戸山ヶ原への散歩の道すがら、踏切の近くで轢死者を目撃した、その時の見聞を書いたものである。吉江孤雁によれば、放浪者が雨に撃たれてずぶぬれになり、空腹を抱えて、線路上に転げたところを列車に轢かれたらしいという坑夫たちの話を聞き、感ずるところあって、独歩は『窮死』を書いたのだと言い、「死なうと云ふ意識があつて死んだのではなくて、自然の境遇がどうしても只一人の人間を死なさずには置かなかつた。一方から云ふと自然の無情だと云ふことゝ、一方からは人間の社会組織の不完全だと云ふことを問題にして書かれたのである」と評している（「大久保時代の独歩氏」）。同じ様な読後感を前田晃（木城）も、文豪国木田独歩を特集した雑誌『趣味』（「大久保時代」明治四一・七）に書いている。今日でいえばこの『窮死』は、社会派の小説という見立てである。

一人の男が死んだと云ふことゝ同時に、讀者の胸に現代の社會組織の欠陥を印銘することが出來る。其の朝は早く目が覺めて、床の中に居ると、宛乎たゝきつけるやうな雨が、間断無く降つて居る。其の中を瀛車が轟々と通つて往つたのを覺えて居るが、慥かにあの瀛車で轢れたのに相違ない。（略）此の事件と獨歩社時代に在つた土方の死を一所にして『窮死』の一篇が出来たのである。

独歩の『窮死』については、他の論考は知らないが、旧知の芦谷信和が「『窮死』の三つのポイント」（『国木田独歩の文学圏』双文社出版）で詳しく述べている。参考までに付記する。

郊外を求めて、曽宮一念の「明治年代の大久保」

大根売新宿時雨呼ばれけり　喜谷六花

明治二六年生まれの画家で、戦後、国画会会員となり、随筆『海辺の溶岩』（創文社）で日本エッセイスト・クラブ賞を受賞した、曽宮一念が大久保に住んでいたことがある。

その曽宮が、野田宇太郎の雑誌『文学散歩』の一九六一年一〇月号に「明治年代の大久保」という文章を寄せている。曽宮は日本橋の浜町で生まれたが、一時芝に移った両親が郊外生活を望んだため、大久保に越してきたのである。

芝から大久保に移つたのは三十九年の十一月で近くの雑木林が色づき大根畑が生々としていた。下町にいて霜というものは道路や屋根を淡白く染めるのは見ていたが、大久保に来て初めて霜柱なるものを知つた。それは清潔な感じで都の塵から遠ざかつた喜びを味えて、霜解の苦痛はさ程には思わなかつた。

そして、吉江孤雁に英語を教わり、吉江の自然讃仰に影響されて通った、早稲田中学への通学順路は、「大久保から戸山ヶ原を抜け、穴八幡の石段を下る一時間の道のりであった。冬は霜解けの泥濘に靴を没したが、春は若葉の下、萌える草原で、菫、鳥頭、竹煮草などはこのころからの馴染みである」（『東京回顧』創文社・昭和四二・二）、と中学校の五年間が、一生で最も愉しかった年月であったと回想している。

郊外大久保の霜柱は、前田夕暮には、「もののしい風の音と霜柱のきらきら光る」凛とした冬景色であった。しかし、曽宮は、「霜解けの泥濘に靴を没した」といいながら、霜柱に「清潔な感じ」と明るく受け止めているのが、清々しい。そして、「当時の大久保は農村というよりも植木屋の間に静かに落付のある住宅が並んでいた」と言って、湧水で大根を洗う、今では、小さな旅の風物詩のような田園風景を描いている。

その頃の大久保は武蔵野の入口であつたと同時に江戸時代から静かな隠栖の地、又遊山の地でもあつたらしい。芝から引越した時は酒屋に三里豆腐屋に一里の感があつた程にさびしく、新聞を賑わした出歯亀事件のあつたのも大久保であつた。厚い茅葺屋根の地主の屋敷に沿つて大欅の並木が立ち、畑中の窪地には湧水が大根洗場になつていた。家から出る野菜車が未明に市内へ列をなして続く、人のひく荷車、馬か牛の車でトラックや三輪は無い時代であつた。その野菜車のカタンコトンという音を未明夢うつつに聞く、武蔵野が感じられた。

三宅克巳、正宗得三郎、中原悌二郎、中村彝などの画家たちが、大久保の素朴な風景や戸山ヶ原の夕風そよぐ草原を好んで画題として描いたことは、先に触れた。曽宮一念も戸山ヶ原が写生地であった。その戸山ヶ原は、「多分詩人文士も林の中を歩いたろうし、悩ましき思いの人も木蔭に休んだろう」と多感な青年時代に思いを馳せている。そして、一念が兄事した、中村屋サロンに集まった中村彝、中原悌二郎、そして、亀高文子も、戸山ヶ原に思い出があった筈だといい、山本森之助、藤川勇造、南薫造らは、この近くに住んでいて、中沢弘光は、草分け的存在で、一九六一年現在、「今でもここに住んでいる」と言っている。この山本、藤川、南、中沢たちの略歴は後に述べる。

茅原茂の「大久保文學倶楽部」で、明治四四年に洋画展を開いていることは前に紹介したが、大久保文士村界隈には、若き画家たちが戸山ヶ原を中心とした大久保の武蔵野の名残がある風景に画題を求めて集まっている。

三宅克巳が、その頃、柏木で一〇人ばかりの弟子を集めて、絵筆の指導をしていた。一念もそこを「コワゴワ」訪ねている。「十人程の弟子の画を批評中で菓子皿が順々にまわされて来て我々も致方なく手に取った」しかし、「私達は教えてもらえないとのことでその後は行かなかった」と言っている。そして、そのころの大久保で出会った文学者のことを次のように回想している。

淀橋小学校の何かの式に大町桂月が来て話をした。痩せた老書生の姿で咄々と何か話したが今は覚えていない。多分淀橋に住んでいたように思う。動物学者で文をかく大町文衛の父君である。

大町文衛も淀橋小学校卒業とのことである。私より数年若いとしたら同じ運動場で触れあつていたかも知れない。吉江喬松は中学校の英語の先生であつた。どこかコワい感じの人で親しくはしなかつたが、「高原」という信濃の自然を描いたものを先生の文として愛読した。吉江孤雁は大正になつても大久保に住んでいた。桂月も漢学文人風の山水描写が多かつたし、吉江孤雁も自然愛好の文学者であつた。

国木田独歩が西大久保に移り住んできた頃、「植井武という人が現在の新宿区立大久保小学校へ転校してきた。植井さんは大久保に二十年住み、武蔵野であった大久保、戸塚、百人町の写生を続けた」（国友温太『新宿回り舞台』昭和五二・七）。その絵が、昭和五一年に、新宿区立中央図書館で展示され、それらの絵の説明に、当時の、大久保界隈を偲ばせる「けやきの林などの群落が風を防ぎ、枯草の径を分けて進むと草のにおいがする…」と説明してあるという。ここに登場する植井武の履歴は不詳である。ネットで検索すると植井の絵が売りに出ていて、図面教員であったらしい記録がある。

曽宮一念の画友のうち、すでに登場している人物は省くが、その他の略歴は、以下のごとくである。

亀高文子（旧姓渡辺ふみ）は横浜の出身。与謝野晶子らと朱葉会を創立。後、赤艸社女子絵画研究会を開設している。

山本森之助は長崎の出身。中沢弘光らと「光風会」結成に参加している。

藤川勇造は高松市出身。ロダンに師事。有島武郎の墓碑レリーフを作成している。

南薫造は広島出身。岡田三郎助に師事。有島生馬と個展を開催。文展審査員を務めた。

中沢弘光は東京出身。「白馬会」創立会員。「光風会」創立会員。日本水彩画会創立会員。文化功労賞を受賞している。

ここに曽宮一念の略歴も添えねばならないだろう。本名は下田喜七。後、曽宮六佑の養子となって曽宮を名乗る。早稲田中学校を経て東京美術学校西洋画科に入学。大正三年の第八回文展で《酒蔵》が褒状を得る。大正一四年には、第一二回二科展で、《冬日》、《荒園》、《晩秋風景》で樗牛賞を受賞。また、昭和三三年には、随筆集『海辺の溶岩』で日本エッセイスト・クラブ賞を得た。平成六年、一〇一歳の長寿を全うした。

ついでのついでだが、《麗子像》で有名な岸田劉生の妻の蓁（シゲル・茶人）の実家が西大久保で、劉生が結婚したときは、その二階に住んだという（『日本女性人名辞典』日本図書センター・一九九八）。

また、曽宮一念の聞書きがある。それは「曽宮一念氏インタビュー・奥原哲志」（『新宿歴史博物館紀要』平成四・三）である。これは一〇〇歳を迎える曽宮の自伝になっている。その細目を以下に掲げる。「大久保移転・淀橋小学校入学」「早稲田中学入学・一戸二郎」「中学卒業と進路」「東京美術学校入学」「四谷転居・父死去」「明治・大正期の新宿駅周辺」「中村彝との出会い」「孤独な天才・彝と仲間たち」「彝・絵との出会い」「彝・落合時代」「彝の死」「佐伯祐三との出会い」「パリ帰りの佐伯」「佐伯の焦り」「二度目の外遊・死」「アトリエの保存」「会津八一・仙人にも恋人あり」「曽宮氏の絵画観」「落合に住んだ仲間たち」。

大久保村のぬし、「大正・昭和戦前の大久保」

躑躅咲く大久保あたり今しばし車の道のいそがずもがな

大和田建樹

新宿歴史博物館発行の『研究紀要』第四号（一九九八・三）に、大正末期から昭和初期にかけて西大久保に住んでいた染め職人、大久保村のぬし細田常治の聞き書き「大正・昭和戦前の大久保の暮らし」という調査報告が載っている。このレポートは、当時の西大久保の雰囲気が伝わってくる。この聞き書きについては、後に関係するところで随時紹介する。とりあえず、やや煩雑になるが、細田が語る「西大久保界隈にいた著名人」に少し関係履歴を補足して以下に掲げる。

町村金弥（西大久保二丁目二五〇）　北海道開拓使御用掛として酪農の基礎を築いた。大久保町長。

大久保村は大正元年に大久保町となった。

町村金五　田中角栄内閣の自治大臣。橋本龍太郎内閣の時に、文部大臣に就任した町村信孝の祖父は金弥、父は金五である。

牧野伸顕（西大久保一丁目四七九）　大久保利通の次男。日露戦争の時のパリ講和会議に全権委任で出席。

東条英教（西大久保一丁目四四八）　英機の父、陸軍中将。東条英機は太平洋戦争時の内閣総理大臣。一時、大久保小学校に通っていたという。

松村義一（西大久保一丁目四四八）　貴族院議員（公正会）。

平沼騏一郎（西大久保一丁目四二九）　昭和一四年に内閣総理大臣。この平沼は神道、国文学の大家井上頼圀の膨大な蔵書（神習文庫）を買い求めて、邸内に「無窮会」を創立したという。現在、小田急線玉川学園駅の近くに「無窮会専門図書館」として活動している。昭和一六年八月一四日、米英戦争回避のため米国に密通したとして、右翼に自宅を襲撃された。ちなみに、小泉純一郎内閣の経済産業大臣の平沼赳夫は騏一郎の孫（養子）である。この平沼の周辺人物に、大審院検事を務めた法律学者、掛下重次郎がおり、西大久保一丁目に住んでいた。

床次竹二郎（西大久保一丁目四二一）　大正・昭和期の官僚、政治家。

林彌三吉（西大久保一丁目四一四）　陸軍軍人。宇垣一成内閣流産のとき、陸軍の政治関与を非難した。また、楠正成の研究家として知られている。

阿部信行（西大久保一丁目三六一）　昭和一四年に内閣総理大臣。

林銑十郎（正確な住所不明。阿部信行邸近隣） 昭和一二年に内閣総理大臣。
八代六郎（四谷区三光町四〇） 海軍大臣。
細川力藏（四谷三光町四九） 周辺の土地、屋敷を所有。雅叙園代表。
岡田啓介（角筈一丁目八七五） 昭和九年に内閣総理大臣。天皇制存続のための和平工作を画策した。
瓜生外吉（角筈一丁目八七一） 海軍大将。戦後、佐世保・横須賀鎮守府の長官に就任。

政治家、とくに軍人が多い。大久保近辺は、江戸時代には武具をつかさどった箪笥奉行に由来する「御箪笥」と呼んで、武士が住む所であったらしいから、その昔から軍人が多く住み、近代になっても、大久保界隈は軍人の町といわれている。細田の著名人には、文学者はいない。「時局」という時代だから、文士の存在は、庶民の印象としては薄いのかもしれない。大正一四年頃、細田家（西大久保一ノ四七二）の近くに、作家の広津和郎（西大久保一ノ四四五）が住んでいたはずだし、文芸評論家の田岡嶺雲も一時、西大久保にいた。これは、戦後の話になるが、染め職人細田家にファッション雑誌『スタイル』の宇野千代がしばしば訪ねてきて、着物のデザインなどで相談にのったと言っている。

『大正名人録』（島内柏堂編纂・黒潮社・大正七・二）を古書目録で買った。大正七年当時の著名人の住所録である。しかし、著名人といってもその構成は網羅的で、「上編」は医者から芸妓まで登録されており、陰陽師、弓具師などもいて、さながら当世商売往来一覧の趣があって面白い。「下編」は宮中席次の大勲位山県有朋から始まる。このなかから戸籍係の仕事みたいになるが、大久保界隈に住所を持つ人物を拾う（「上編」のみ）。本編に登場する人物も何人かいる。

矢木沢政雄（西大久保）細菌学者。
北島多一（西大久保四二二）細菌学者。
若山一秀（淀橋町柏木北鳴子）俳諧師。
乾正治（東大久保五〇四）馬術家（腰馬術）。
平沼騏一郎（西大久保四二〇）法学者（法理）。
谷野格（東大久保天神前二三六）法学者（刑法）。
今村明恒（東大久保四八）地震学者。
大島如雲（大久保百人町一二九）鋳金家。
芝祐孟（淀橋柏木九六二）雅楽（笛）。
慈光寺恭仲（大久保百人町一五四）箏曲（生田流）。
大野華賀（淀橋町柏木一二三）箏曲（山田流）。

牧野芳賀（淀橋柏木一〇七）　箏曲（山田流）。
大内玄益（東大久保二五四）　管弦楽指揮者。
白滝幾之助（淀橋町柏木四〇七）　洋画家（自然派）。
三宅克己（淀橋柏木四〇七）　洋画家（写実派）。
正宗得三郎（西大久保一八六）　洋画家（後期印象派）。
山中笑（東大久保一九四）　考古学者（古銭）。
竹中鑒（大久保百人町二四九）　刀剣鑑定家。
村田しな（西大久保四九五）　礼節家（小笠原流）。
柴田雄次（大久保百人町三一八）　化学者（化学）。
井上克己（東大久保一）　化学者（分析化学）。
元田作之進（西大久保四五八）　基督教学者。
内田貢（淀橋柏木三七一）　文学者（露西亜文学）。
竹越與三郎（東大久保四）　文章家。
中島気峥（東大久保四四七）　演説家。
寺尾寿（淀橋柏木四二一）　天文及気象学（星学）。
俵国一（大久保百人町三〇二）　冶金学者。

高橋一知（淀橋角筈八六五）　新聞雑誌記者。
遅塚金太郎（淀橋町角筈一四八）　小説家。
片上伸（東大久保三五七）　小説家。
戸川明三（西大久保六六）　評論家。
近藤飴ン坊（淀橋町角筈七二九）　川柳家。
高橋清致（淀橋町柏木一八二）　双六家。

ついでにいえば、岡田啓介の邸宅の近所、淀橋区角筈一ノ七八四ＣＫハウスというアパートに、私の外祖父野村甲子郎が住んでいた。子供の頃、よく遊びに行った。その祖父が当時のことを書いた文章が残っていた（『養正』第五五号・津市養正同窓会・昭和一三・三）。アパートでの一人暮らしの近況を「漫言」と題して書いたものである。

アパート住ひは、世塵絶へて、禅房の寂寞たる如きにあらず、環境も俗悪にして、会社、銀行員、諸官庁の役人所謂サラリーマンの若夫婦若くは女給、ダンサーと云つた妙齢婦人の二三人連れが一部屋を借りて一世帯の主となり、一切の世相を網羅した別天地を形作るといふ奇態なグループがそれぞれ一室を陣取っていた。

昭和初年の街はずれの角筈あたり、やがて、戦後になると歌舞伎町のあやしげな雑居生活につながりそうな賃貸アパートのありさまが描かれている。

もう一つ、細田氏の聞き書きで興味のあるのは、大久保小学校の正門前を西に少し行くと、後藤静香の「希望社」というのがあったとある。その注記に「後藤静香明治十七〜昭和四四。ジョン・バチラーの宣教活動を支援し、倫理研究会の修養会を経て希望社を設立。また、石黒修と共にエスペラント連盟を設立した」とある。その後藤を『日本エスペラント運動人名小事典』で見ると、次のようにある（注記・この事典は、二〇一三年に、増補改訂版がひつじ書房から刊行されているが、記述内容に大幅な変更がないので、旧版によった）。

大分県出身。本名静（しずか）。東京高師専科卒業。女学校教師、のち修養団を経て希望社設立。労資協調を説く。一九三〇年、同社にエスペラントヲを導入、石黒修らと全日本エスペラント連盟を作り、E・Kibosa を発刊。三三年、印刷部のストライキと個人的醜聞のため覆滅。

この後藤静香をもう少し追い掛けてみる。まず、田中英夫著『西川光二郎小伝』（みすず書房・一九九〇・七）によると、右記の注記にもあるように、後藤は北海道にあったイギリス人宣教師バチェラーの平取幼稚園の援助をしたり、違星瀧二郎の同人誌『コタン』も支援していたという。

そして、同著に後藤の略歴が書かれている。

明治一七・一八八四年、大分に生まれた。明治四一・一九〇八年二十四歳のとき、蓮沼門三の修養団発行の『向上』に共鳴して加入、大正七・一九一八年幹事、同一二・一九二三年修養団が財団法人になった折りに常務理事となった。女子教育に携わっていたことから女子修養団の結成を企画、大正七・一九一八年『希望』創刊、同一三・一九二四年勤労女子会を改め勤労女子学校を設立した。

古書展で入手した大正七年六月に創設とある『希望社の概要』（東京府下西大久保二三六）という封筒大のパンフレットがある。折り込みのページがあって、「最初の念願」という文章で、世相の荒みを嘆き、「情操は人格の背景をつくります」という、後藤静香の経世の信念が述べられている。

その他に希望社が発行する雑誌の勧誘などの細目があり、事業要目も掲げられている。「修養書類の著述出版による教化」、「直接経営の教育的施設による教化」、「間接応援の教育的施設による教化」、「救護及慰問に関する事業」などがその事業目的である。最後の項目などは、高齢化社会を予想した内容が組まれている。

さらに、インターネットで検索したら、「社会福祉法人新生会」のホームページが出てきて、「希望」という広報に「後藤静香の思想と業績」（心の家代表理事磯崎良善）というのがあった。

後藤静香の軌跡は、老人福祉に生きていて、その命脈を保っている。生地大分県大野町に、彼を顕彰した「権威の碑」があるという。また、後藤には『後藤静香選集』（善本社・昭和五三）一〇巻があり、単行本も十数冊刊行されている。架蔵している一冊は、精神修養を喚起する『歓喜』。大正一四年九月刊で、改訂一七版。東京府下西大久保二三六の希望社出版部で刊行されている。

これは際物かも知れないが、宝剛太郎の『後藤静香功罪論』（昭和六）という一冊が古書展に出た。残念ながら、手に入れることが出来なかったが、この本と同じ趣意と思われる「希望社の正体」（林熊王）という文章が掲載されている『犯罪公論』（四六書院・昭和六・一二）を手に入れた。タイトルに付されている文章は過激である。「希望社か絶望社か・売僧精算・偽聖者精算・キベンとゴマカシで世を瞞着した呪ふべき悪魔の正体は今や白日下に曝された」。いずれにしても、前出の『小辞典』の末尾にある「醜聞のため覆滅」を敷衍した内容と思われ、浮説紛々として、後藤静香の虚像と実像という問題が内在しているように思われる。

それはそれとして、とにかく後藤の「希望社」は、大久保小学校の近所にあって、後藤がエスペラントに関心があったことが注目される。それは大久保文学倶楽部を主宰した茅原茂も既に述べたように、エスペラントの普及に熱心であった。しかも両者とも新宿・西大久保を活動の拠点としているから、お互いの接点が想定され、両者の交流があったのではないかとも推測されるが、いまのところそれを証明する情報はない。

ちなみに戦後の話になるが、長嶋茂雄が巨人軍の監督時代の部屋の壁には、後藤静香の言葉が貼ってあったという。それに、作家の出久根達郎氏が「だら」という随筆（「本卦還りの本と卦（96）」『日本古書通信』平成二七・三）で、後藤静香を「この人はもっと世に知られていい」と、静香が点字に強い関心を持ち、点字図書館の発展について発言していると言っている。

なお、前出の宝剛太郎の『後藤静香功罪論』は、現在、国立国会図書館デジタルコレクションで読むことが出来るようになった。今、深く立ち入らないが、目次の一部に、「国賊か志士か」、「聖者か罪人か」という物々しい字面が並んでいる。当時の後藤静香のパフォーマンスがお騒がせ人物と見立てられたのかもしれない。大久保文士村周辺の一齣である。

『半七捕物帖』、岡本綺堂の「郊外生活の一年」

この秋は戸山ヶ原の片隅に生命ほぼそく栖みすてもなむ　尾山篤二郎

『半七捕物帖』の岡本綺堂(おかもときどう)は、関東大震災のあと一年ばかり大久保百人町に住んだ。その頃の思い出が「郊外生活の一年」という文章に綴られている。初出は『読売新聞』(大正一四・六・一)で、その後、『随筆集　猫やなぎ』(岡倉書店・昭和九)に収録された。綺堂が転居したのは、春寒のまだ去りやらない、大正一三年三月であった。この回想では、大久保時代の春夏秋冬が描かれている。ちなみに、綺堂の作品『三浦老人昔話』は、大久保が舞台となっている。

引っ越してきた大久保百人町の家は、平屋の借家で間取りは、九畳と八畳の広間があり、四畳半が二間、三畳が二間あった。そして、百坪ほどの庭があり、その庭に桜の古木があった。

綺堂は大久保を郊外という空気清爽な土地柄と期待したらしかった。それが案に相違して、明治三九年代の戸川秋骨の「製造工場が吐く黒煙のない」別世界の大久保ではなく、「陸軍科学研究所の四角張った赤煉瓦の建築と、東洋製菓会社の工場に聳えている大煙突と、風の吹く日には原一面に白く巻きあがる砂煙り」で、綺堂の印象では荒涼索漠の土地であった。綺堂の家は、皆中稲荷を背に小路を入った、現在でいうと中央線と山手線に挟まれた百人町三丁目（現・二丁目）にあって、「省線電車や貨物列車のひびきも愉快ではなかった」といってあまり好い印象を持っていない。しかし、五月になると、「大久保名物の躑躅の色がここら一円を俄に明るくして」、紅白は勿論、むらさきや樺色の変り種も乱れて咲いて、急に眼がさめたような心持ちになった。ところが、夏になって、蛙が一向に鳴かないのに失望し、蛍も飛ばず、よそから貰った蛍を庭に放ったが、その光は一晩ぎりでどこかえ消え失せて、がっかりする。秋になると、「コスモスと紫苑が庭を賑わし」、「紫苑が枝や葉をひろげて高く咲き誇つた」のを喜んでいる。だが、綺堂にとっては、郊外の大久保はあまり歓迎されていない。

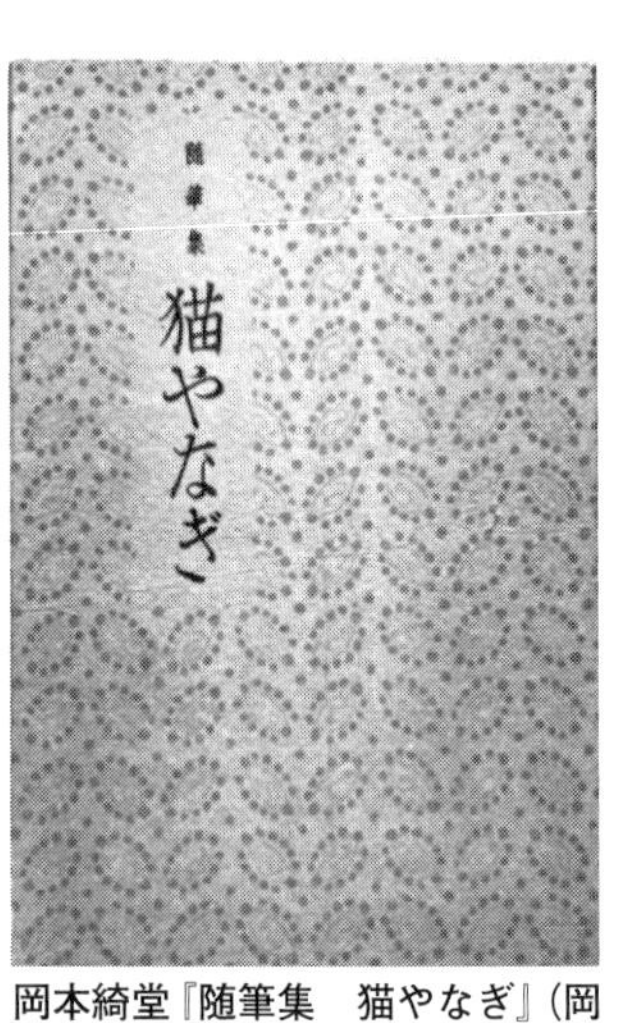

岡本綺堂『随筆集　猫やなぎ』（岡倉書店）

郊外の冬はあはれである。山里は冬ぞ寂しさまさりけり――まさかにそれほどでもないが、庭のかれ芒が木がらしを恐れるやうになると、再び彼の荒涼索莫がくり返されて、宵々ごとに一種の霜氣が屋を壓して來る。朝々ごとに庭の霜柱が深くなる。晴れた日にも珍しい小鳥が囀づつて來ない。戸山が原は青い衣をはがれて、古木もその葉をふるひ落すと、わづかに生き殘つた枯れ草が北風と砂煙りに悼ましく咽んで、彼の科學研究所の煉瓦や製菓會社の煙突が再び眼立つて來る。夜は火の廻りの柝の音が絶えずきこえて、霜に吠える家々の犬の聲が嶮しくなる。朝夕の寒氣は市内よりも確かに強いので、感冒にかゝり易いわたしは大いに用心しなければならなかつた。

「郊外の冬はあわれである」という綺堂の思い出がもう一つある。「隣の雞」(『随筆集　猫やなぎ』)がそれだ。

十一月廿七日の朝である。
郊外の大久保あたりは霜が深い。わたしの庭は雪が降つたかと思はれるやうに白くなつてゐた。その霜柱を踏み砕いて、西の垣根に沿うた植込みにのあひだに、何かの足跡が亂て印してゐる。鳥の羽のやうな白いものが散紅葉の上におびたゞしく散つている。

話は、霜深い朝、よく綺堂の庭にやってくる隣の鶏が、原初的な雰囲気が残る戸山ヶ原あたりからやって来た野犬に、喉元を食われて食い殺されていたという暗い話なのである。

それはともかく、「朝々ごとに庭の霜柱が深くなる」綺堂の冬より一〇年近く前に遡ると、もっと厳しいものであった。国木田独歩が大久保時代に書いた、「竹の木戸」のなかで、「十二月に入ると急に寒気が増して霜柱は立つ、氷が張る、東京の郊外は突然に冬の特色を発揮して、流行の郊外生活にかぶれて初めて郊外に住んだ連中を喫驚さした」と明治四四年頃の大久保の冬を描いている。そして、大正元年の前田夕暮の冬は、「郊外の冬はものものしい風の音と霜柱のきらきら光る寒さ」であったと言っている。

大正一五年生まれの木村梢が子供の頃、岡本綺堂の隣に住んでいた（大久保百人町三〇一）。木村は、邦枝完二の長女で俳優木村功の妻である。邦枝完二は、雑誌『劇壇』の編集者をこの頃やっていた。その頃の思い出を次のように綴っている。

百人町は文人が多く住んでいて、師である永井荷風さんも一時大久保の住人であったし、隣家が岡本綺堂さん。そこにいた働きものの書生さんが中野実さん。菊池寛さんのお宅もちかくであった。文壇仲間の交流もあり作家としての芽が出はじめ父の夢は、戸山ヶ原の空高くほとばしるように広がっていったことだろう（『東京山の手昔がたり』世界文化社・

一九九六・八)。

一時、永井荷風が大久保に住んだというのは、大正七年に築地に越すまで執筆生活をしていた、大久保余丁町の「來青閣」に「断腸亭」という小庵を作った頃のことだろう。荷風の作品は、この余丁町時代に最も多く書かれている。前にも引き合いに出した荷風の随筆『日和下駄』(岩波文庫)は、章を分けて「日和下駄」、「淫祠」、「樹」、「地図」、「寺」、「水附渡船」、「路地」、「閑地」、「崖」、「坂」、「夕陽」の十一章からなっている。この分類は、当時の東京の町並みの特徴を捉えていて卓抜である。

その「閑地」の中で戸山ヶ原を取り上げている。先に紹介した戸川秋骨が書いた「霜の朝の戸山の原」(荷風は、「霜の戸山ヶ原」と言っている)を『そのまゝの記』から引用している。「戸川君が言う処大にわが意を得たものである。」と賛意を表し、その枕として次のような文章をふっている。

戸山ヶ原は旧尾州侯御下屋敷のあつた所、その名高い庭園は荒されて陸軍戸山学校と変じ、附近は広漠たる射的場となつてゐる。この辺豊多摩郡に属し近き所まで杜鵑花の名所であつたが、年々人家稠密して所謂郊外の新開町となつたにも係らず、射的場のみは今猶依然として原のまゝである。

なお、木村梢の文章に出てくる「働きものの書生さんの中野実」は、直木賞候補となった劇作家で、後に、新派の脚本を書き、ユーモアの作風で、川口松太郎や北条秀司と並び称された脚本家、演出家の若き日のひとこまである。

なお書きをもうひとつ。本文校正中に、日本古書通信社の樽見博さんから、武者小路実篤の斡旋と小泉鉄の原本提供によって加藤一夫が翻訳した、ロマン・ロラン著『ベエトオフェン並にミレエ』（洛陽堂・初版大正四・四）が送られてきた。その「序」の末尾を見ると「千九百十五年四月廿日夜西大久保の寓居にて訳者識」とある。加藤一夫が西大久保の住人であったことを知らせてくれたのである。

一九一五年というと、大正四年だ。この年の九月に加藤は『科學と文藝』という雑誌を創刊する。民衆芸術を唱道したその雑誌の発行所は、加藤不二子氏によると「創刊号を出したときの住所は、雑誌の奥付やまた其の記事から見ても発行所の交響社の住所が父の家であったらしい。■東京市外東大久保二番地がそれである」（『加藤一夫研究』第三号・一九八九・一二）と言っている。ところが、先の訳本では寓居は西大久保だ。加藤は雑誌発行後、めまぐるしく転居しているらしいが、訳本刊行してから、五ヶ月にして東大久保に転居というのも忙しない。不二子氏も「らしい」という条件付きだ。西大久保と東大久保の間にどうゆう事情が介在しているのか、本人の記録がないから分からない。ともあれ、明治・大正期の、とくに転居を重ねる貧乏文士たちの東京での住居を特定するのは、なかなか難しい。

ちなみに、テレビ放映でも話題を呼んだ『私は貝になりたい　あるＢＣ級戦犯の叫び』の著者加藤哲太郎は、加藤一夫の息子である。

ハンガリー文学者、徳永康元の「大久保の七十年」

門松も百人町の藁家かな　原月舟

次の文章は、言語学者でハンガリー文学の専門家、徳永康元（とくながやすもと）の「大久保の七十年」（『地図で見る新宿区の移り変わり淀橋・大久保編』新宿区教育委員会・昭和五九・三。後に『ブダペスト回想』恒文社・一九八九・一二）から引いたものである。徳永は明治四五年生まれ。蔵書家で古本好き。『ブダペストの古本屋』（恒文社）の一冊がある。

大久保の街は、大正十二年の関東大震災ではまったく被害を受けなかったので、江戸以来の百人組の子孫こそ数少なくなったにせよ、第二次大戦中の疎開や空襲で散り散りになるまでは、近所はほとんど明治・大正のころからここに住み着いた人たちの家だった。私の横丁でも、いわば大久保での二世に当たるわれわれ世代は、お互いに幼い頃からの顔なじみばかりだった。

この二世の幼友達に東大理学部教授の柴田雄次の息子、音楽評論家の柴田南雄がおり、国際労働機関の政府委員だった吉阪俊蔵の長男、建築家の吉阪隆正がいた。とくに吉阪隆正については後に少しふれる。

そして、徳永はドイツの飛行船ツェッペリン伯号が世界一周の途次に、戸山ヶ原の上空を通過するのを仰ぎ見た時のことを、当時の戸山ヶ原周辺の思い出とともに語っている。

徳永康元『ブダペスト回想』（恒文社）

戸山ヶ原の思い出というと、私にはまずツェッペリン伯号見物のことが頭に浮かぶ。記録を調べてみると、ドイツの飛行船グラーフ・ツェッペリン号が世界一周飛行の途次、日本を訪れたのは、昭和四年八月一九日だから、私の旧制高校一年のときのことだ。物見高い東京人の常で、この日は市内の高台や広場はどこも見物人で雑踏したらしいが、戸山ヶ原も午前中からかなりの人出で、そのうちに屋台のおでん屋まで出るという騒ぎだった。

そしてまた、徳川家康の江戸入府以前から大久保に居住していた島田家の久左衛門が新しい開いた道を「久左衛門坂」と呼び、現在新宿七丁目にその標識が建っている。その坂のことについて徳永が子供の頃を呼び起こしている。

当時の久左衛門坂は埃っぽい長い急坂で、雨降りのあとは泥濘になり、往来の馬車にはかなりの難所だったらしい。坂上の抜弁天前の通りには、その頃もう市電が走っていたが、ここから新田裏の方へ下りて行く専用軌道（現在のバス道路）が子供心には珍しく、帰りに角筈行きの電車に乗るのが楽しみだったことを思い出す。

ところで、先に、夏目漱石の『三四郎』や国木田独歩の『窮死』で、大久保駅近辺の轢死についてふれたが、徳永もそのことについて次のように言っている。

昔の戸山ヶ原といえば、これはあまり明るい思い出はないのだが、山手線の線路で人が轢かれたという話をしばしば耳にした記憶がある。『大久保町誌稿』によると、西大久保の全龍寺と百人町の長光寺にある災難除けの地蔵尊は、もとは明治四十五年に町内の轢死者供養のために建てられたものだそうだ。漱石の『三四郎』にも飛び込み自殺の話が出てくるように、この時代にはかえって現代よりも鉄道自殺が多かったのかもしれない。

鉄道自殺が多かったという、徳永が小中学校に通った大正一〇年代の新大久保駅時代の回想を少し引いておこう。

山手線の新大久保駅は、駅名が示すように、大久保駅よりも大分遅れて、大正三年に開業している。（略）この新大久保駅から大塚駅まで、山手線で毎日通学した。当時の新大久保はいかにもできたばかりといえそうな小さい駅で、山手線の線路もまだ高架線になっていなかったから、駅の改札口へは仲通りの踏切からそのまますぐに入れるようになっていた。外回りの山手線電車（院線電車、省線電車、国電、ＪＲと時代によって名称は変わった）は、新大久保駅を出ると間もなく、戸山ヶ原を左手に見て走る。

少し注を加えれば、「院線」は、電車の管轄が「鉄道院」で、「省線」は「鉄道省」、「国電」は、「国有鉄道」であったことを示している。ＪＲは説明するまでもないだろう。

先にもいったように、徳永は自分の家の近所に住んでいた人々を挙げている。そのなかから梅屋庄吉と吉阪隆正について紹介する。

梅屋庄吉は日本映画史では欠かせない人物だが、辛亥革命を成し遂げ、「革命未ダ成ラズ」と言って、世を去った孫文との熱い交流があり、孫文が日本滞在中に支援を続けたことは、あまり語り継がれていない。徳永も「私の家の裏のほうに、梅屋庄吉という人の広い屋敷があって、ここは日本の映画プロダクションのはしりとも言える初期の撮影所だったらしい。近くの原などでよく時代ものの野外撮影をやっていて、私の家の隣の空地で捕物映画の立ち廻りを見たこともある」と言っているが、孫文との関わりには詳しくふれていない。

梅屋の豪邸は、大久保百人町三‐三五〇番地で、映画撮影の出来る土地を探していたところ、西条八十の父親が持っていた千五百坪の土地を購入して、自宅と撮影所（Mパテー撮影所、後に、Mカシー大久保撮影所）を兼ねた大邸宅を造ったのである。この邸宅の一角に、孫文が日本滞在中に起居した家もあったという。

右の文章にある、梅屋と孫文との関係を発掘したものに豊富な資料をグラビアにまとめた『盟約ニテ成セル梅屋庄吉と孫文』（読売新聞関西部本社編・海鳥社・二〇〇二・一〇）という一冊がある。

この本によると孫文をめぐる日本の人々には、「真朋友」と「仮朋友」とがあり、後者は、孫文を利用して自益をあげようとする者達であったが、梅屋は孫文の志しに、財を挙げて支援すると盟約した「真朋友」であったという。余談ながら、茅原華山が主宰した雑誌『洪水以後』にも孫文の書が寄せられている。

筆者が梅屋に興味を持ったのは、たまたま日比谷公園にある「松本楼」で妻と食事をしたとき、その玄関に孫文の妻、宋慶齢が愛用したという、現存する国産のものでは最も古いピアノが展示してあり、梅屋庄吉に関する説明文もあって、梅屋が大久保に住んでいたということを知ったからであった。もうひとつ余談を加えれば、「松本楼」の創業者の小坂梅吉は、筆者がその歴史を調べている「工手学校」(現・工学院大学)の卒業生であった。ちなみに、孫文の妻宋慶齢は、近代中国史に名をとどめた宗三姉妹の次女。長女は中華民国財政部長の孔祥熙氏夫人の宋靄齢、三女が蒋介石夫人の宋美齢である。

徳永によると梅屋商会(Mパテー商会)の横丁の近くに外人村というべき一角があり、チェリストのヴェルクルマイスター、ロシア生まれの女流ヴァイオリニストで、日本人小野俊二と結婚して、来日した小野アンナがおり、アンナの息子で、夭折した天才少年といわれた小野俊太郎もよく見かけたと、徳永は言っている。日本のヴァイオリン指導者の草分け的存在である小野アンナの弟子には、巖本真理、前橋汀子、諏訪根自子などがいたという。

先にも言ったが、徳永の家の近所には、「大久保二世」達が住んでいて、作曲家で音楽評論家の柴田南雄、建築家で登山家でもあった吉阪隆正たちが、中学生頃の遊び友達であった。その遊び友達の一人、吉阪隆正は自己の建築思想を具現化した、八王子市にある大学セミナーハウスの変容する群落を計画、設計した人物。そして吉阪には遺書となった『乾燥なめくじ』という本があると紹介されており、そこに大久保の思い出がくわしく記されているという。早速古本で入手。『乾燥なめくじ［生い立ちの記］』（相模書房・昭和五七・一二）がそれである。「なめくじ」という文字はひと文字の難しい漢字が当ててある。ここではかな書きにした。その本の「わが住まいの変遷史」という箇所で、「豊多摩郡大久保百人町仲通り北側、柴田雄次氏の土地に建てられていた大内兵衛氏の住宅をゆずり受けて住むこととなった」。その家で吉阪は関東大震災を経験した。

その夜、新大久保駅から、東京の燃える大きな炎を眺めた。一年坊主の目にそれは強く焼きつけられた。しかし恐怖感はなかった。百人町はまだまだ田舎だったのだ。中野まで通じていた省線電車は、大久保駅を出るとチンチンチンチンと鳴る踏切りが下りて、通過するといった風であった。少し行けば菜の花畑もあった。わが家の前は一間幅の私道で（いまでもその幅員は同じだ）もう一軒奥で止まりであった。仲通りに面した所が地主の柴田雄次先生のお宅、次が益富政助さんのお宅、わが家があって、次は私の叔父の佐原、その奥は大きく徳永重康先生のお宅で、三尺幅の通り抜け道がついていた。私道だから皆東向きの入口ばかりで、向かい側の家からはこの道に出入りする家はなかった。

文中の益富政助は、財団法人基督教祖国愛運動委員長という肩書を持つクリスチャンの社会運動家。徳永重康は徳永康元の父で、理工学者。江戸詰の薩摩藩士の系譜に連なる徳永家のことは、「徳永康元さん聞き書き—祖父と父の時代」(『日本古書通信』平成一四・五)がある。

話は変わる。西大久保周辺は路地が多かった。永井荷風先生には再三のご登場だが、『日和下駄』に「路地」(露地)という章がある。その「路地考」をここで一席。

路地は即ち飽くまで平民の間にのみ存在し了解されてゐるのである。犬や猫が垣の破れや塀の隙間を見出して自然と其の種属ばかりに限られた通路を作ると同じやうに、表通りに門戸を張ることの出来ぬ平民は大道と大道との間に自から彼等の棲息に適当した路地を作つたのだ。路地は公然市政によつて経営されたものではない。

これは、やつし荷風反骨の路地の精神の表白だ。石川淳は、戦後の荷風の生き様に不満を申し立てて、その死に「一灯をささげるゆかりも無い」とすげなかった（『敗荷落日』講談社文芸文庫）。しかし、この路地の精神は、戦後の荷風にも持続されていたのではなかったろうか。

筆者は若い頃、石川淳の文学、わけても夷斎先生の修辞巧みなエッセイには感じ入って、愛読したものだが、この際、夷斎先生に背いて、荷風の路地論に共感を示すべく路地裏にその背中を消した断腸亭主人に、一灯をささげておく。

吉阪隆正が大久保百人町由縁を書いている。自分が生を受け、育った土地の歴史を知りたいというのは、人間の生の営みの共通認識かも知れない。

そもそも百人町なる所は、徳川家康入府の頃に遡る歴史があるのだ。もっと古くは、太田道灌が小石川池から小日向台と牛込との間の川を船で進み、富塚（後の戸塚）までのぼった頃に、この辺に窪地の多い所から大久保と呼ばれた所があった。そのあたりに奥州から鎌倉への道が南北に通っていたようだ。人びとの住み分けがふえるに従い、一五九一年（天正一九）には谷の東西を東大久保、西大久保と区別するようになった。その西大久保の南に、江戸から府中への街道が東西に走っていて、さきの南北路と新宿二丁目あたりで交差していた。家康は江戸警備上の重要点と考えて、内藤清成にこの一帯を警備させた。内藤は伊賀者の鉄砲百人同心を従えてその任に当たったが、彼らの居住地として西大久保の土地に、大久保百人大縄屋敷と呼ばれた陣屋形式を定めた。

ところで、徳永康元の挙げる文学関係の人物では、「私の家の隣の横町には、第二次大戦後になくなるまで、女流作家の小寺（尾島）菊子（洋画家の小寺健吉夫人）が永年住んで、いくつかの作品には大久保近辺のことを記している。」と言っている。

尾島菊子が岐阜県出身の画家の小寺健吉と結婚したのは、大正三年である。その頃のことを書いた「結婚時代」（『情熱の春』教文社・昭和三・五）という作品がある。そのなかで、新居を構えた時のことを書いており、それは戸山ヶ原近くの友達のアトリエであったと次のように述べている。

場所は戸山が原の近く、春田といふ友達の所有になる地所がまだ可なり沢山あつた。春田のアトリエはその広い庭の木立の中に建つてゐた。夫婦は越して来た当座は、周囲があんまりひろぐくしてゐて、それに樹木が多いので、すっかり好い心持ちになつてしまつた。

また、徳永は岩野泡鳴、岡落葉などにふれつつ、詩人で仏文学者の青柳瑞穂、中国文学の奥野信太郎も若い頃西大久保に住んでいたと言っている。それは、明治末年から大正初期にかけての、ぞろりとした着物姿の文士ではなく、どちらかといえば、三つ揃いの洋服が似合う、現代文学を創出する文学者と呼ばれる若者たちであった。

奥野信太郎は、大久保の戸山ケ原に母と弟妹たちと住んでいた。青柳の西大久保の家は、青春の無聊をかこつ仲間たちの溜まり場のようになって、奥野信太郎、詩人の蔵原伸二郎、後に鞍馬天狗を登場させた大佛次郎こと野尻清彦らが青春の文学論や恋愛論に花を咲かせたという（『青柳瑞穂の生涯—真贋のあわいに』青柳いづみこ・新潮社・二〇〇〇・九）。

明治四五年生まれの森村浅香（小説家豊田三郎の妻で、娘は作家の森村桂）が、大正一三年から西大久保三丁目に住んでいて、その頃の「ご近所」を次のように回想している（「インタビュー大久保・紀伊國屋の思い出、夫・豊田三郎のこと」『田辺茂一と新宿文化の担い手たち』新宿歴史博物館）。森村の住んでいた西大久保三丁目は、大久保通りを越えた、戸山ヶ原に隣接する地域で現在の大久保二丁目である

私の家は西大久保3丁目で、その辺りはお屋敷という程ではありませんでしたが、静かな住宅地でございました。私の家のお隣は早稲田の先生の宮島新三郎と片上伸が、同じ家に前後して住んでいました。二、三軒先には和田垣謙三という帝大の先生。この方は洒落が得意で有名でした。隣の横丁には永井荷風のお兄さんで麦か何かの研究の学者さん。松岡譲（夫

人は夏目漱石の長女）の家もありまして、その辺りで人力車に乗った漱石夫人を見かけたことがありました。新大久保駅近くには洋画家の南薫造がいました。1丁目の方には「赤い鳥」の鈴木三重吉。ずっと古くは島崎藤村、その後折口信夫などの住んだのは2丁目辺りです。

森村が追想する、宮島新三郎は英文学者で、日本近代文学にも論究し、『明治文学十二講』（新詩壇社）、『大正文学十四講』（新詩壇社）の著書がある。片上伸は前にちょっと触れたが、日本のプロレタリア文学理論の先駆的役割を果たしたとされる評論家である。和田垣謙三は農政学などを講じた経済学者。

永井荷風のお兄さんという人物が出てくるが、荷風は長男だ。「麦か何かの研究の学者さん」は、荷風の実弟で、農学博士の称号を持つ永井威三郎のことだろう。松本哉の『永井荷風ひとり暮し』（朝日文庫）によると、威三郎が結婚するとき、放蕩の荷風が邪魔になって、それならと、荷風の方から義絶宣言をして出て行ったという威三郎と母とが住んだ家は、淀橋区西大久保三丁目九番地（現・新宿区大久保二丁目二－六）である。

小説家松岡譲。「夫人は夏目漱石の長女」と説明しているが、この結婚をめぐっては、学生時代からの親友久米正雄との確執があり、文壇のゴシップとなった。

洋画家の南薫造については、曽宮一念のところで略歴を書いたが、高村光太郎がその画風を「大手を振つた芸術ではない。血眼になつた芸術でもない。尚更ら武装した芸術でもない。どこまでもつつましい、上品な、ゆかしい芸術である。」（『日本文壇史』19巻）と評している。

折口信夫は国文学者。歌人の釈迢空だ。釈迢空の年譜（『折口信夫全集第31巻』中央公論社・昭和四三・五）の大正八年六月の項に、「豊多摩郡大久保町西大久保三百七番地に借宅。鈴木金太郎と同居。」とある。鈴木は折口の教え子で歌人。窪田空穂の短歌雑誌『槻の木』の同人である。

いずれにしても徳永も語っているように大久保近辺の住人には様々な人間模様がある。それは、郊外と呼ばれる西大久保の片隅に咲く雑草のような文壇史でもあるのだ。

この森村の回想が掲載されている『田辺茂一と新宿文化の担い手たち―考現学、雑誌「行動」から「風景」まで』（新宿歴史博物館）は、田辺茂一を中心とした貴重な新宿文化の記録を集大成したものである。

農政問題の研究者、大内力の「百人町界隈」

角筈の聖者にそむくはなしより恋のはなしはおもしろきかな　吉井勇

先述のとおり、吉阪隆正の家は、大内兵衛の家を譲り受けたとあった。その大内兵衛は経済学者で、戦後、法政大学の総長に就任している。大内力（おおうちつとむ）はその息子である。やはり大久保百人町に住んでいた。大内力に「百人町界隈」（前出『淀橋・大久保編』・『冬ごもり』所収・東京大学出版協会・一九八八）という文章がある。そのなかで、大久保界隈にあった教会のことや社会主義者たちのことに触れている。社会主義者については、別に述べるつもりだが、百人町に住んだ社会主義者の草分けは、「明治の末に柏木に平民社を構えた幸徳秋水であろうか」と言い、その住まいは、「内村鑑三の聖書講堂の大久保通りを挟んで反対側のようである」と言っている。また、柏木には大杉栄もいて、それは、「いまの電報局の裏あたりらしい。大震災のあと、かれが内縁の妻伊藤野枝（いとうのえ）とともに憲兵隊にひっぱられ、甘粕大尉に絞め殺されたときも、ここの家からひっぱってゆかれたのである」と語っている。また、日本社会主義の良心と云われた荒畑寒村（あらはたかんそん）の思い出も語っている。これはちょっと面白いので左記に引く。

荒畑寒村も長く百人町の住人だった。寒村の自作年譜には一九一五（大正四年）吉祥寺から大久保百人町に転居とあるから、ずいぶん古い住人である。（略）寒村の旧居がどこであったかは記憶がない。しかし今の百人町の区民福祉会館のあたりではなかったのだろうか。というのは、それよりすこし東側の戸山が原に面したあたり――今俳優の西村晃氏のうちのある近く――に、日本における統計学の開祖の一人、大原社会問題研究所の所長で、戦後NHKの会長になった高野岩三郎博士が住んでいたことがある。私の父は高野博士の弟子だったから、よくその家を訪れていたし、小学生の私もときどきくっついてその近くまで遊びにいった。そのある時、近くの空地で犬を遊ばせていた人物を、あれが寒村だ、と父に教えられたことがあったからである。

寒村にはもうひとつ思い出がある。一九三八年（昭和一三）二月、人民戦線事件で父が淀橋署に留置されたとき、私は一高（旧制第一高等学校）の一年生だったが、淀橋署へ差し入れにいった。刑事部屋の片隅で父に面会し少し雑談をした――立会いの刑事にきかれると困ることは習いたてのドイツ語で話をしたりした——が、そのとき別の片隅にひげぼうぼうの目の鋭い痩せた男がいた。はじめは泥棒の親分かと思ったが、よくみればそれが寒村だった。

寒村の自作年譜は見ていないが、「荒畑寒村年譜」(『平民社時代』中央公論社・一九七三)によると、大正元年に「大久保百人町に転居、はじめて一軒の家に住む。」とある。また、『寒村自伝』(岩波文庫)には私的生活の叙述は少ない。百人町の自宅のことも、第一次共産党結成(大正一〇年)にふれて、「最初、大久保百人町の私の家に開かれた党の準備委員会は…」というような具合に出てくるだけである。しかし、幸便にも、寒村の家のことを回想している堺利彦の娘、近藤真柄の文章があった(「とりとめもなき牛涎式くりごと」『荒畑寒村人と時代』)。それを再現すると、現在の新大久保駅を出て、大久保通りを跨ぎ、道を左に取って、二本目の路地の寿司屋の角を右に曲がった所に、格子戸を開けると玄関の二畳。次の四畳半が茶の間の寒村の家はあった。路地を曲がった右手一帯はツツジ園。

平成何年だったか、その百人町近辺を歩いてみたが、角の寿司屋などあるはずもなく、ツツジ園であった一帯は住居が密集。確か、岡本綺堂の旧居もこの路地の突き当たりにあったはずだなどと思いながら、夏の日差しを浴びていた。

百人町という町名もその由来は知らなかった。前出の『新修　新宿区町名誌』によると、幕府の鉄砲同心の居住地として新宿周辺にその地を物色し、西大久保の地を大久保大縄屋敷として住まわせたのがその発祥だという。だから当初は大久保百人町だったのが、後に百人町となった、ということであるらしい。大内がその百人町について語っている。

大久保とくに百人町というのは、もともとは幕府のお鉄砲百人組と呼ばれた同心達の組屋敷があったところだそうである。きわめて用心深かった徳川家康は、江戸城を築くにあたって万一敵に攻められて落城したら半蔵門から甲州街道を一挙に天領であった甲府まで逃げていく計画を樹てていた。だから他の街道と違って今の新宿通りは、半蔵門から内藤新宿の追分（今の伊勢丹の角）まで一直線の道になっているのだという話を聞いたことがある。してみると鉄砲百人組というのは、あるいは落ちてゆく将軍の後衛の役割をもたされていたのかもしれない。八王子に千人町というのがあるがこれも同じようなものであろうか。

大内が言う八王子千人町で思い出したが、勤め先だった八王子市のバス通りの途中に「八王子千人同心屋敷跡記念碑」があった。これは何だろうと思ったことがある。その八王子千人同心は、幕府の直轄領である武蔵國多摩郡八王子に配された譜代旗本及び配下の府代武士のことで、職務は関ケ原の戦いの参陣、日光勤番など多岐にわたっていたという。大内の言うように八王子及び周辺地域の警護もあって、将軍の後衛の役もあったろうと思われる。

話は荒畑寒村にもどるが、寒村研究家の堀切利高さんによると、寒村は、『事業之日本』という雑誌に「大窪兆民」というペンネームで随筆を書いたことがあるという。大窪は大久保で、兆民は中江兆民にあやかったものだろう。

中野重治によれば、徳川時代の苛斂誅求に抵抗した大塩平八郎の系譜に連なる者に、中江兆民、幸徳秋水、荒畑寒村、河上肇がいると喝破している（『座談会明治・大正文学史』4）。「兆民」の別号を使った寒村の意識のなかには、この辺の気概を継承しているのかも知れない。その他、大内は、教会関係者、宗教者たちの大久保百人町を回想している。ちなみに、この文章には、文学者は一人も出てこない。まず、内村鑑三が登場する。

内村鑑三の聖書講堂があったのは、宮園通りの元薬大前の坂にかかる少し手前だった。もっともそれは明治時代のことで、内村の年譜によるとここに移り住んだのは一九〇七年（明治四〇）のことである。聖書講堂はその翌年に出来上がった。爾来、一九三〇年（昭和五）に亡くなるまで、内村はここでかれの信徒を集めて聖書を講じたわけである。

この聖書講堂は、内村鑑三終焉の地であり、史跡「日本聖書講堂（今井館）旧蹟」の碑があり、「内村鑑三終焉の地（今井館聖書講堂跡）」という説明版がある。現在の北新宿三丁目一〇番。今井館というのは、大阪の香料商今井樟太郎の遺志によって、夫人ノブの支援を得て建てたもので、これを鑑三が今井館と呼んだのであった。

内村鑑三が日露非戦論を主張して、幸徳秋水、堺利彦らとともに、社論が「ロシア打つべし」を主張した『萬朝報』を連袂退社したのち、明治四〇年一一月に角筈から柏木に転居する。その転居理由を、詩人ホイットマンの評伝を載せた、鑑三編集の『櫟林集第一輯』（聖書研究社・明治四二・一）という冊子の序文「櫟林集に題す」にあると中澤治樹が紹介している（「内村鑑三と植村正久」『淀橋・大久保編』）。

櫟林はくぬぎばやしなり、角筈の櫟林を指して謂ふ。彼處に明治三十一年より四十年に至るまで十年間に渉る余の地上の生涯は送られたり。角筈は余に取り最も多事の住處なりき。余は之を忘れんと欲するも能はず。角筈櫟林の地たる今や復たび舊時の荒廢に歸し、呪はれたるバビロンの如く野犬鴟鴞の住處と化せり。前には淨水池の市民二百萬の生命を湛ふるありと同時に、後には大蔵省煙草専賣局の雲を突くが如き大建築物の今や將さに工を竣へんとするあり。遠からずしてニコチン毒の氛煙は揚り、四隣の緑葉ために枯死するに至るべし。

余は幸にして煙毒の到るに先んじて彼地を去るを得たり。然れども此静かなる柏木の地に在りて、南方遙かに櫟林の小丘の煙に裹まるゝを見て、時に懐旧の感なき能わず。

角筈の櫟林は遠からずして枯れむ。然れども櫟林に養はれし思想は煙滅に附すべからず。是れ此小集輯のある所以なり。敢て之を櫟林在住以来の友人に献ず。

明治四十二年一月十五日　内村鑑三

都市化が進むなか、図らずも公害の問題を提起しているこの煙草専売局は、明治四三年に竣工した。現在の新宿西口、小田急デパート、京王デパート、安田生命、スバルビルに囲まれた一帯がその敷地であった。政府は、日露戦争の軍事費調達のために煙草を官営専売としたもので、銀座にあった工場が移転してきたのである。

また、大内は、植村正久の次女、植村環の柏木教会にも言及していて、父正久の富士見町教会の伝統をつぐ日本基督教会の名門であると言っている。植村環は、わが国最初の女性牧師である。父親の植村正久は、明治・大正期のキリスト教を代表する牧師で神学者。番町一致教会（現・富士見教会）を創建したキリスト教伝道者である。旧幕臣の矜持を抱いて在野精神を発揮したジャーナリストでもあった。少々宣伝めくが、この植村正久などの「旧幕臣のキリスト教学校」という一文を入れた『敗れし者の静かなる闘い—旧幕臣の学び舎』（日本古書通信社）という拙書がある。

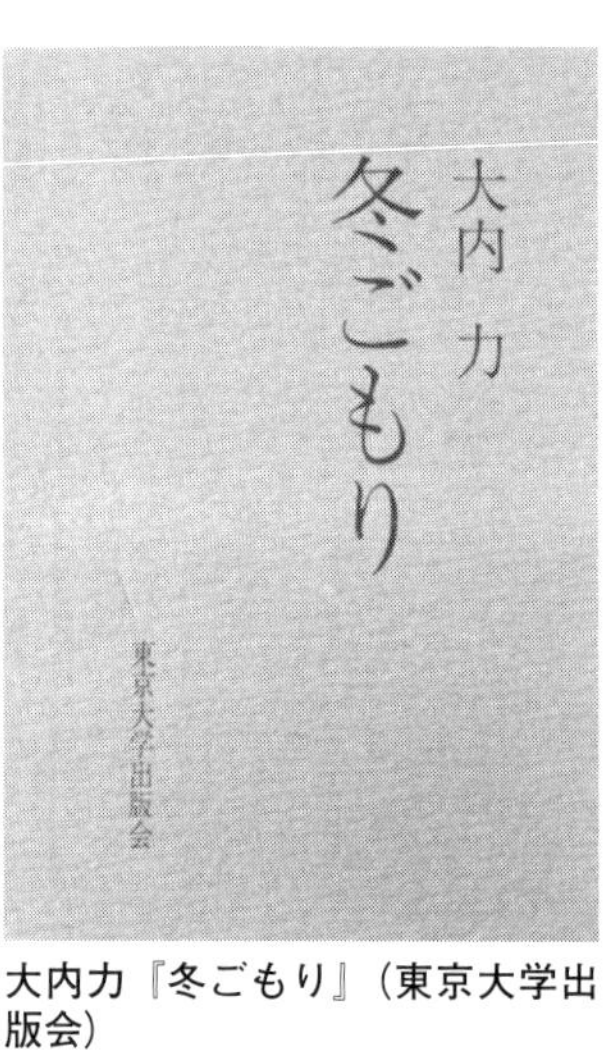

大内力『冬ごもり』（東京大学出版会）

さて、歌人の窪田空穂によると、自身もそうであったが、吉江孤雁や水野葉舟らも日本基督教柳町教会の会員となって、受洗したという。それは、植村正久に強い影響を受けた水野葉舟が明治三六年に洗礼を受け、その後に、窪田空穂が牛込区若松町の下宿で、同宿していた吉江孤雁と明治三七年に、やはり柳町の教会で受洗したのであった。

植村の良き理解者には、自由学園の羽仁もと子夫妻がいた。正久の友人だったアメリカノ宣教師F・ミューラーの遺贈によって、淀橋区柏木四丁目九八四の土地三百坪が与えられ、大正一三年にそこに転居した。

淀橋・大久保界隈には、教会が多い。「淀橋・大久保地区のキリスト教会」（『新宿区の民俗6淀橋地区編』新宿歴史博物館）によると、その数は二二（戦後設立も含む）。淀橋の地にキリスト教が最初に根を下ろしたのは、加藤俊子とアルバート・ツール夫人が支えた女子独立学校（角筈一〇二）であった。前に書いたが、画家の三宅克己が一時住んでいた「衛生園」は、病前、病患者の保養施設として、ツール夫人が手がけ、ドクトル岡見京子の努力で開園したものだという。これは「ルカ福音書」にある「ディアコニア」（奉仕）の精神によった活動であったろう。

その他の教育機関では、東京女子大学、明治学院大学神学部、日本神学校、精華学園があり、キリスト教会では、カウマンのホーリネス教団の聖書学院、日本のホーリネス教会の創始者中田重治の東洋宣教会聖書学院（柏木聖書学院）、小原十三司が深く関与した淀橋教会などの宣教活動が、淀橋・大久保地区を中心に展開されたのであった。

ところで、「いのは画廊」というサイトに、田中岩次郎（白馬会）の《戸山ヶ原の牛舎》と《戸山原の牧場》という長閑なタッチの水彩画が出てくる。これはおそらく、大内が回想するゲルンジー牛乳屋の牧場を描いたものだろう。いずれも大正一一年の作成である。

ついでにいえば、柏木教会の北側、中央線の線路の向こうは、今の青果市場一帯を含めてゲルンジーという牛乳屋の広い牧場になっていた。何頭位牛がいたのかわからないが、起伏のある土地に白黒のホルスタインが何頭か放牧されていた。私小さい頃、ある夜東中野の方に火事があった。牛がこわがっていっせいに鳴きだし、私もこわくてふるえていたのを今も覚えている。こうした田園風景のなかで、その片隅に柏木教会が作られたわけである。

このゲルンジー牧場のあった柏木界隈を「シンジュクイレブン」（新宿区町会連合）というサイトが次のように紹介している。

大正初期までの柏木地区は、農家が点在する田畑であったが、関東大震災後、震災で焼け出された下町（本所・深川方面）の人々と、地方からの転住者が増加し急速に宅地化が進んだ。とはいえまだ川本の原（現税務署や旧淀橋中学のある一帯）や五〇頭もの乳牛がいたゲルンジー農園と酪農舎（現淀橋市場）など住民の憩いの場となる大きな空き地がところどころにあり、また、どの家からも富士山が望める長閑な町であった。昭和七年に淀橋、大久保、戸塚、落合の四町が合併され豊多摩郡から東京市淀橋区となり、ゲルンジー牧場の跡地に淀橋区役所ができた。

大内は、大久保駅から北に入ったところに婦人矯風会があると紹介して、「矯風会といえば久布白落実（くぶしろおちみ）が有名だが、私にはむしろ先輩の守屋東の名前の方が印象に強い」と言っている。久布白は有名だが、守屋東の方が印象に強いと大内はいうが、守屋東を知る人は少ないかもしれない。その守屋を紹介する前に、自伝『廃娼ひとすじ』（中公文庫）が復刻されている、キリスト教婦人運動家で、新宿大久保にあった矯風会の有給幹事に就任して、その中心人物であった久布白落実の一端を紹介しておく。

落実は、大正期に昂揚した廃娼運動と婦人参政権運動を推進する一方、〈五銭袋運動・公娼全廃教育運動資金として一人一口五銭を集める〉や、〈握り飯一個運動〉など卓抜なアイディアを出して、少額寄附による大衆運動を展開している。戦後、自由党から代議士に立候補して落選した。大内が久布白を割愛するのは、穿ってみれば久布白が自由党から立候補したというのが引っかかっているのかもしれない。

さて、大内が推奨する守屋東だが、肢体不自由児の教育と治療・訓練を行う日本で初めての施設「クリュッペルハイム東星学園」（現・大東学園高等学校）を一九三二年に創設した人物。その略歴を『朝日人物事典』（朝日新聞社・一九九〇・一二）から左記に引く。ちなみに、『新宿　歴史に生きた女性一〇〇人』（折井美那子・新宿女性史研究会編・ドメス出版）は、それぞれの道で活躍した一〇〇人の女性を意欲的に紹介した略伝だが、守屋は立項されていない。

守屋東（もりや・あずま）一八八四・七・七〜一九七五・一二・一八　婦人運動家。社会事業家。女子教育家。東京都生まれ。一九〇〇（明33）年東京府立第一高女卒業後四年間下谷、万年尋常小学校教員として都市底辺の実態に触れ、生涯の問題意識を形成した。東京婦人矯風会に加わり、少年禁酒軍、学生排酒連盟など独自の組織活動による禁酒運動をすすめ、未成年者飲酒禁止法（22年）の制定に尽くし、「禁酒の母」と呼ばれた。39（昭14）年矯風会を去り肢体不自由児のための療育施設を開設。学校衛生婦、および養護教師の養成教育も併せ行う先見的な事業であったが当時としては受けいれられず失敗、産院、病院と変転、一方で大東女学校を設立しキリスト教主義に基づき社会性を持つ女性を育成することをめざした（五味百合子）。

また、大内の自宅近所に、「大きな教会の建物の屋根のてっぺんに大きな金の玉が乗って」いる稜威会という新興宗教があり、「時々は白衣の信徒が多数集まって、舟を漕ぐような格好の踊り（？）をやっていた。何でも瓊々杵尊か何かが天つ御舟に乗って渡って来るのにあやかった宗教行事だと聞いたように思うが、はっきりしない」と言っている。この「稜威会」は川面凡児や中西旭の「稜威会」と関係があるのかどうか。

遅まきながら、大内力の略歴。一九一九年、大内兵衛の次男として東京に生まれる。東京帝国大学経済学部卒業。マルクス経済学理論を専攻。『日本資本主義の農業問題』で毎日出版文化賞受賞。東大紛争の時には、加藤一郎学長を補佐する執行部のナンバー2として事態の収拾に当った。

ともあれ、大久保文士村界隈には、文士ばかりではなく、さまざまな「野心」を抱いていた面々が往来していたのである。

社会主義者、大久保村界隈の「屯所」

柏木はかりそめ建の貸家のあなたこなたに春の風ふく　佐々木信綱

明治期社会主義者をいわゆる「文士」に列するわけにはいかないかもしれないが、彼等のなかには達意の文章を書く者たちがいた。言文一致というと山田美妙の名が浮かぶが、『言文一致普通文』を出した堺利彦が四谷左門町に開業した文章の代作をやる「■論文、美文、小説、随筆、記事文、慶弔文、書簡文、趣意書、意見書等、各種文章の代作及び添削」と銘打った「売文社」がいい例だ。幸徳秋水は文章家だったし、荒畑寒村は作家、評論家の肩書がある。

それらの人々を大久保文士村周辺の人物と見立ててここでは、明治期社会主義者の住まい事情を跡付けることにする。

大内力が百人町に住んだ社会主義者の草分けだという幸徳秋水は、明治三六年一一月に、新宿柏木（八九番地）に住んでから、大久保百人町（八四番地）、そして、柏木（九二六番地）と転居している。

最初に、麹町の平民社から柏木に越してきたのは、歩いて二、三分の距離にある角筈七三八番地に堺利彦が住んでいたからだろうと、後掲の「幸徳秋水、堺利彦と新宿」の論者は推測している。秋水が最後に新宿に住んだのは、明治四一年年八月で、島崎藤村の子供たちが眠っている長光寺の近く、大久保百人町二丁目であった。

その秋水に「郊外生活」という随筆がある（『幸徳秋水全集』第六巻・日本図書センター・昭和五七・四）。初出は明治四一年一一月三日の『経済新聞』に書いたものである。そこに大久保界隈にいたころの文章がある。こういう文章を読むと、秋水が「大逆」といわれる事件をたくらむ人物とは到底思えない。

若し夫れ秋高く気澄めるの日、苗木畑隔てし牧場には五六の乳牛ゆるやかに眠り、荒れたる庭の横手には、夫婦清水に蹲んで、白玉の如き蕪を洗ふ、飾らぬ野趣はおのづから其中に在り。人は食物こそ大切なれ、衣服は身に暖く住居は膝を容るれば足れりと説く人多し、左れど一日二日三日七日は縦令食はずとも死ぬべき虞れはなし、寸刻にても空気と温熱なかりせば生くることを得べからず、清き空気と暖き日光とに事欠かぬ住居こそ人に最も大切なるものなれ。大久保柏木も我が初めて移りし程は、春は麦畑に雲雀揚り、秋は柿の梢に百舌鳴きて長閑に住みなされしが、此頃は俗悪なる貸家軒を並べて雑閙漸く加はり、排水の設備なき新開地は、家々より流す下水道路に溢れて、臭気近づく可らず――。

といって、ゲルンジー牧場でゆるやかに眠る牛を描いているが、大久保柏木時代の後半の生活にはあまりいい印象をもっていないようだ。「平穏なり、閑静なり、古雅なり、質朴なり、文明を知らず、流行を趁はざる」のが、秋水の理想とする郊外生活であった。社会主義機関紙『光』に寄せた「大久保より」（明治三九・一二・五）の短信も鉄道の列車の音がうるさく耳につくらしい。

居を大久保にトしてより既に六旬を經たり、聞くものは甲武と山の手線の汽車の響、見るものは寒鴉枯林の初冬の景色のみ、南檐に背を曝して、日に世俗と遠ざかる、都門近日何事か在る、敢て諸君の來示を待つと云ふ。

角筈に住んでいた三宅克己も列車の音には閉口したらしい。「新しい家の庭には大株の躑躅が数種あり、移転して間も無くその躑躅が満開となり、庭中は一面の灯となり、剰へ藤は紫に咲乱れ、五彩の光輝煌々とした夢心地で、天にでも昇つた心地とは本当にこの時であつた」。その家が列車の音に悩まされるようになって、遂に、角筈から柏木に転居を決意したのであった（『思ひ出つるまゝ』）。

日露戦争の丁度終つた頃だが、私は折角住馴れた角筈の家を捨てゝ、柏木に移轉しなければならなくなつた。それは鐵道線路に餘り接近して居る私の家が、段々列車の響で八釜敷くなつて來たからである。最初は二時間に一回位往來した甲武線の汽車が、急に往復の回数が増加し、尚甲武線の電車が通ふやうになり、著しくその音響が激しくなり、日夜悩まされて、碌々安眠も出來無いことになつた。

岡本綺堂も列車の音がうるさいといっていた。列車の通る回数が増えたことは、それだけ大久保近辺の街が繁華になったからだろう。これを活気ととらえないところに、文士たちの生活のありようが窺える。秋水が大久保の俗化を嘆いた同じようなことを、戸川秋骨も言っている。

余が初めて大久保村に居を定めた時には、住宅のまはりから柏木の方へかけて、自から野趣があり、寒い朝の余の獨り歩きに好適の地であつた。然るに爾來貸し家は遠慮なくこの好適の地を蠶食して、敢て俗化とは言はぬが、それを人間臭くして仕まつた（「霜の朝の戸山の原」『そのまゝの記』）。

もっとも、すでに見たように、田山花袋も「都会と野との接触点」である大久保の俗化を指摘していた。しかし、この「俗化」は、「世俗の風に染まって卑しくなること」という辞書的解釈ではなく、この頃から大雑把にいえば、大久保界隈は、近代都市への孵化期を迎えていたと見られ、「淀橋、大久保地区は、明治二〇年代から大正九年までのおよそ一五年間ほどの短期間に爆発的な人口増加を経験し、大正一〇年前後にはすでに市外地の観を呈するに至った」（奥須磨子稿「淀橋・大久保における戦前期の住民構成」・『淀橋・大久保編』所収）ということを意味しているのだろう。界隈、閑静ではなくなったことは確かだった。

幸徳秋水を始めとする初期社会主義者たちの居住状況を調査した、宮沢総の「幸徳秋水、堺利彦と新宿」（『研究紀要』第二号・新宿区歴史博物館・一九九四・一）というのがある。それを参考に、柏木、角筈に住んだ社会主義者をリストアップすると次のようになる。現在の北新宿界隈である。

福田英子が明治三一年に角筈に住んだのが最も早く、堺利彦が明治三四年、幸徳秋水の明治三六年で、大体、明治四一年頃までの期間である。

幸徳秋水（柏木八九番地、百人町八四番地、柏木九二六番地）

森近運平（柏木三四七番地）

大杉栄（柏木三四二番地、柏木三〇八番地、百人町二一二番地）

荒畑寒村（柏木三二四番地）
堺利彦（角筈七三八番地、柏木三四三番地、柏木三一四番地、柏木一〇四番地）
山川均と守田有秋（柏木三五二番地、柏木三五五番地、柏木九二六番地、柏木三八〇番地）
福田英子（角筈七三八番地）
石川三四郎（角筈七六二番地）
南助松（柏木三二六番地）

ごらんの通り類は友を呼ぶがごとく、彼らの多くが、柏木周辺に住んでいたことから、官憲は、「柏木団」（柏木組）と呼んでいた。明治期社会主義思想には、大別して二つの潮流があった。ひとつは、最終的には革命によって社会主義社会の実現を図ろうとする集団であり、もうひとつは、あくまでも議会政策を通して、社会主義を具現化しようとする集団があった。「柏木団」と呼ばれる社会主義たちには、秋水をはじめ、「直接行動派」といわれる革命志向の面々が多く住んでいた。これに対して、片山潜を中心とする「議会政策派」は、本郷界隈に住んでいたことから「本郷団」と呼ばれていた。

この二派とは別に、キリスト教社会主義を標榜した石川三四郎は、その機関誌『新紀元』を発行する。その発行所の住所は石川の下宿の住所と同じで、豊多摩郡淀橋町角筈七六二番地であった。そして、官憲がにらむ「柏木団」が中心となって、十二社や戸山ヶ原で、社会主義者の園遊会などが開催されている。その主なものを掲げる。

明治三七年六月二六日、『平民新聞』掲載の秋水の論考「嗚呼増税」が発禁となり、同紙発行兼編集人の堺利彦が軽禁固二ヶ月に処せられ、その出獄歓迎会をかねて、角筈十二社の梅林亭で開催。

明治三九年十月二七日、福田英子、堺為子、幸徳千代子が発起人となって、戸山ヶ原で、社会主義同志婦人会の園遊会を行う。

明治四十年三月三日、日本社会主義同志婦人親睦会を戸山ヶ原で開く。

同年五月十二日、『平民新聞』掲載の社説「小学教師に告ぐ」で筆禍を受けた、西川光次郎の出獄歓迎会を十二社梅林亭で行う。

同年八月六日、日本社会主義者夏期講習会記念園遊会を十二社で開催。

明治四一年三月二九日、金曜会屋上演説事件の出獄歓迎会を戸山ヶ原で行う。

同年六月七日、石川三四郎出獄歓迎園遊会を十二社の桜山関香園で行う。

園遊会などに利用している熊野神社十二社（叢）の歴史は、応永年間（一三九四—一四二八）にまで遡るらしいが、江戸時代は熊野十二所権現社と呼ばれ、江戸の西に位置する郊外の、滝や池がある景勝地として賑わったという。大正六年当時、社会主義者ではないが、十二社の鳥居の左手に文芸評論家の加藤朝鳥が住んでいた。

この熊野神社は現在では新宿一帯の総鎮守となっており、新都心西口の高層ビル建築ラッシュの際は、安全祈願の祈祷で多くの人が訪れた。かくいう私も工学院大学学園再開発事業のビル建設のため、ゼネコンの作業員ともども「二礼、二拍、一礼」の祈願に何回となく参詣した。

それはともかくとして、大井憲太郎の大阪事件に連座して、『妾の半生涯』（岩波文庫）という自伝がある福田英子は、夫福田友作が居を構えた角筈七三八番地に住み、後に福田の第二の人生となった「角筈女子工芸学校」を創立して、そこで作成した作品を、篤志家の援助で設立した「日本女子恒産会」で買い取るというシステムを構築して、女性の自活の道を図ったが、うまくいかず間もなく閉鎖している。

「角筈女子工芸学校と府立第五高等女学校」（村田静子稿『淀橋・大久保編』）という文章で、福田が角筈五十人町七三八（現・新宿第一富士ビル近辺）に越して来たときの様子を、石川三四郎の聞き書きとして次のように語っている。

福田英子が、この地へ夫友作と子供たちと共に引越してきたのは、明治三一、二年

（一八九八、九）の頃である。このころは千駄ヶ谷から大久保にかけての地帯は、知識層の人々が、静かな住宅地を求めて移り住みはじめていた。英子の家は、細い露地をとび石づたいに入った左手にあったというのは、もう三十年以上も前に石川三四郎氏から伺った話で、その時氏は、その家の間取りをはしり書きで示して下さった。英子は、ここで友作の三男千秋を生み、明治三十三年（一九〇〇）春には、夫を病で失っている。翌年、母楳子を呼んで同居した英子は、明治四十四年（一九一一）、横浜へ移るまでの十年余をここで過ごした。角筈七三八番地は、英子の第二の人生の舞台となったのである。

この福田の隣に「豊多摩郡淀橋町角筈七三八と云ふ處の新宅の一室に坐して居る」と明治三五年一月四日の日記に記した堺利彦が転居してきた。結核になった妻美知子のために空気の好いところと選んだのが、大久保の地であった。「近い処に内村鑑三君も居る、隣家に福田英子も居る、霜がはげしくて寒い事は寒いが、何だか気がせいせいとして朝など非常に心地が善い」と言っている。

そして、大久保百人町には、大杉栄、荒畑寒村が来て、大正元年一〇月に、『近代思想』を発行する。その発行元である近代思想社の住所は、豊多摩郡大久保村大字大久保百人町三五二番地であった。大正社会主義の曙光となる雑誌『近代思想』（大正元・一一）の編集後記に当たる「大久保より」という欄に、「寒村、社の裏隣にひつこして来た。番地は社と同じ三五二」とある。

市ヶ谷田町で新居を構えた大杉栄は、官憲の厳しい監視に遭い、当時としては東京の郊外であった柏木に転居を余儀なくされた。その後、大正一二年九月一日に、関東一円を襲った大震災の混乱の中で、大杉は柏木一丁目一六番地の自宅から、弟勇を見舞うため外出した折に、官憲の手で扼殺されたのであった。その時、自宅を出る大杉の、それが最後となった姿を内田百閒が見たという。

新宿、大久保界隈は、貧乏文士たちが人生の意味を問いつつ原稿用紙の升目を埋めていたとともに、一方では、明治・大正期の社会主義者たちが社会の変革を希求して歴史の升目を埋める「屯所」でもあったのである。

小暮悠太（加賀乙彦）、戦前の西大久保

大久保は躑躅ばかりの枯木かな　　高浜虚子

筆者は昭和九年に西大久保一丁目四九七番地に生まれた。明治、大正の大久保文士村という主題からは遠のくが、昭和初年の大久保界隈を記録しておきたい。新宿駅の東口から、靖国通りを跨いで、コマ劇場を右手に見ながら、少し行くと、T路地にぶつかる。今でもあると思うが正面に大きなカニの看板が目に付く。そこを右に曲がって、ちょっと行って左に曲がる。すると昼中は白けきった歌舞伎町二丁目に出る。

ここが旧西大久保一丁目に当たる所だ。この旧西大久保を中心とした一帯は、閑静な佇まいの家並みがあった。その頃は、近所の欅の大樹に玉虫が飛んでくる風情もあった。

昭和一六年、国民学校令による大久保国民学校に入学した。その大久保国民校で、昭和一九年三月、担任の永島先生が兵役に付くための送別の記念写真がある。後ろに校舎があるが、その校

舎の窓ガラスには、戦時下の非常時に備えて、爆風による破損を防ぐために十字の紙が貼られている。

戦争が本土決戦になるという噂が流れて、首都東京も敵機による空襲が近いという情報が飛び交った。バケツを持って児戯に似た、といっても小国民の小学生にとっては真剣だった、防空演習を隣組でしていたこともあったが、今度は本当に敵機が大久保の空を通過した。その敵機に向かって日の丸の戦闘機が突っ込む。しかもその戦闘機は、やがて、尾翼あたりから白煙を吐いて、きりもみ状態に落下し視界から消えた。伊勢丹別館の屋上から、万歳の声がした。

当時の日本は「神の国」であった。日の丸を背負った戦闘機は「神風特攻隊」といわれた。大久保国民学校で教師が神棚のない家は手を上げよと言われた。四五人手を挙げた、その一人であった。神棚を造ってほしいと父に頼んだが、父は「いらない」との一言だった。

そんなとき学校では学童集団疎開で草津へ行った。私のような病気がちの脆弱な体力では集団疎開は無理だろうと学童疎開には参加しなかった。そして、昭和一九年に戦火を逃れるべく、和服姿の両親に付いて、母手製の防空頭巾をタスキがけに肩にかけて、秩父に連なる、埼玉の寒村に疎開した。従って、西大久保での生活は、昭和一九年の一二月、一一歳までであった。

西大久保の我が家は、粗末な引き戸門がある、平屋のそれでもよく木登りに興じた檜の大樹が一本植わった庭のある借家に住んでいた。右隣は大家の松本という家で、左隣は、屋敷の庭に大きな欅の木のある加藤という海軍だったかの軍人の家があり、お向かいは、戦後、第一次鳩山一郎内閣の郵政大臣になった愛媛県出身の武知勇記のこれも門門の邸宅であった。武知家とはかなり昵懇にしていて、戦後もしばらく音信があった。

学校へ通う道の途中には、大屋石の塀が続くお屋敷と我が家のような借家とが不規則に並んでいた。その上、鬼王様通り周辺には店先に商品を置く小商いの店があって、山の手と下町が混在しているような雰囲気であった。だから、幼少年期を過ごし、戦火で灰燼に帰した「兎追いしかの山」もない西大久保が気になるのである。神田の古書展で『創立八十周年記念誌』（昭和三四・一二）という大久保小学校が発刊した記念号を見つけて買った。その中に、卒業生の「思い出を語る」という座談会があって、明治四〇年に大久保小学校を卒業した栗田春之丞が、当時の生家の周辺を次のように語っている。ちなみに、明治四四年に制定された大久保小学校の校章は、大久保の名物五弁のツツジの花をデザインしたもので、その中央の花心に当たる円形に大久保の「大」の字をあしらったものである。

大久保小学校創立八十周年記念誌

この辺は豊多摩郡大久保村大字新田と申しました。今だに新田裏という名が残って居りますのも、これから出たのです。次ぎに淀橋区大久保町となりました。当時山手線の新大久保駅はまだなくて、中央線の大久保駅だけでした。今の山手線の所は平坦な道を電車が走っていました。飯田橋が始発で新宿・目白・板橋・赤羽が終点でした。二本の線路を挟んでつつじ園がありました。今の歌舞伎町は鴨取場で、一面の田圃でした。大久保にも蛇がよく出たものです。新田裏の所には前田の鴨取場があり、よく私なども行ったものです。池が七つ八つもあり、学校から帰るとドジョウとりが楽しみの一つでした。むかしの大久保は風情豊かなよい所だったとおもいます。

鴨取場があり、池が七つ八つもあったという話は、先に述べた「蟹川」の水源を思わしめるものがある。「学校から帰るとドジョウとりが楽しみだった」という、栗田が通った大久保小学校は、戦後、大久保周辺の街の様相は激変して、「コレヤンタウン」と呼ばれるほど韓国人を中心とした外国人居住者が多くなり、それらの子供達を教育する難しさが、NHKのテレビで取り上げられたことがあった。

また、二〇〇四年一月七日の『朝日新聞』、「新大久保食の交差点」という記事が載った。新大久保駅周辺のエスニックレストランの紹介である。「かつてここは作家や芸術家らが暮らした文人街でした」という一行があるのがお慰みだが、その記事に添えられた「食」マップを見ると、職安通りから新大久保駅周辺の一角、わが家があったところは、韓国の店が多く、新大久保駅を挟んだ南口周辺は、多国籍の店が混在、百人町あたりは、中国系・東南アジア系の店が多いと色分けされて紹介してあった。田山花袋の言葉を思い出す。

かうして時は移つて行く。あらゆる人物も、あらゆる事業も、あらゆる悲劇も、すべてその中へと一つ一つ永久に消えて了ふのである。そして、新しい時代と新しい人間とが、同じ地上を自分一人の生活のやうな顔をして歩いて行くのである。

ところで、個人的回想が先行したが、昭和四年生れの加賀乙彦の『永遠の都』（全七巻・新潮文庫）は、小暮一家が戦争と平和との問題を問いつつその狭間で暮らす東京山の手での生活を描いた自伝的長編小説である。前出の川本三郎著の『郊外の文学誌』の「加賀乙彦『永遠の都』の西大久保界隈」のなかで、「郊外」という意味を探りながら、近代都市の変遷を背景に西大久保で生活する小暮悠太の少年期の心象風景を検証している。その悠太の住まい周辺のことが次のように描かれている。

ぼくが育ったのは淀橋の西大久保一丁目の、明治の末年に建てられた古い家であった。武家屋敷風の大きな玄関に控えの間を備えたこの家は、改正道路と呼ばれる大通りに面していた。それは鈴懸の並木と歩道を備えた舗装道路で、池袋と新宿と渋谷という三つの盛り場をつなぐ幹線道路で、のちに明治通りと呼ばれるようになった。もっとも当時は自動車も少なく、車と言えば青バスやタクシーが時々通る程度だったし、たまに馬車なんかも通っていた。馬車は近隣の田舎から肥料用の糞尿を汲み取りに来るので、肥桶を満載し臭気を撒き散らし、カッポカッポというのんびりした蹄鉄の音を響かせ、おびただしい馬糞を残した。

改正道路と呼ばれた現在の明治通りは、追分から千駄ヶ谷まで開通したのが、昭和四年。追分から大久保までが完成して接続したのが、昭和六年であった。昭和になっても、外観は近代的装いをしていたが、まだまだ、生活に直結するインフラは整備されておらず、汚穢の臭いが鼻につき、馬糞の上に菖蒲が咲いている景色である。しかし、この道路が担う戦時色は足早に近代に向かって突進した。

大通りはまた、戸山ヶ原練兵場と代々木練兵場をむすぶ軍用道路でもあって、兵隊や戦車の往来が頻繁にあった。真夏の炎天下の行軍では小休止した兵隊たちが水をもらいによく門の中に入ってきた。鉄と革と汗と男の体臭が台所に充ち、母や女中のときやは、水道より冷たい井戸水を供そうとせっせとポンプの柄をこいだ。時折、何もかも叩き潰す圧倒的な轟音をたてて戦車の行進があり、ぼくは大急ぎで門前に出て熱心に見物した。

小暮悠太の家の西側に当たる、大久保病院の近くに我が家はあった。だから、兵隊の水乞いも大通りの轟音も経験していない。ただ、大通りを天皇の馬車が通るというので、学校の生徒が沿道に並ばされて、お出向だか、お見送りをしたことがあった。そのとき、竜顔を一目と思い、蹄の音が近づいて来た頃を見計らって頭を上げたら、竹刀のようなものでゴツンと頭を叩かれた経験がある。

幼年期に肺炎で入院し、九死に一生を得たと母から聞かされている大久保病院は、明治一二年にコレラが大流行したときに、法定伝染病隔離病院として、府立駒込病院とともに急造されたのであった。避病院だから人家の少ない西大久保が選ばれたということなのであろう。大久保病院の名称は、明治二八年に「避病院」、明治四三年に「大久保避病院」、大正三年に「大久保病院」、大正七年に「東京市隔離所」、昭和七年に「大久保病院」、昭和八年に「東京隔離所」、昭和一〇年に「市立大久保病院」、昭和二二年に「都立大久保病院」と変遷している（『淀橋・大久保編』）。

小暮悠太が通った小学校は奇しくも淀橋区立大久保小学校だ。この小暮悠太が加賀乙彦（本名・

小木貞孝）のモデルだとすると、昭和四年生まれの小木貞孝は小学校の先輩に当たることになる。その大久保小学校へ通う通学路が描かれている。鬼王様通りは、今の職安通りである。

小学校は北西の方角にあった。「改正道路」を北上し、鬼王様通りという商店街を西行し、途中で北にのぼれば着く、子供の足で十分ほどの距離であった。鬼王様通りは、鬼王神社を中心に東西に伸びる狭い道だが、両側に店屋が櫛比していた。「伊勢米」という酒屋と「玉建」という材木屋が格別に大きいほかは、一様に二階屋の小店舗で、八百屋、魚屋、肉屋、パン屋などの食料品店をはじめ、下駄、蒲団、染物など、およそ人間の生活に必要な物なら何でも売っていた。まだ閉っている店屋の前を登校の子供たちがぞろぞろと歩く。鬼王神社の真向いの小路を入ったところに小学校があった。

この頃のことを小木貞孝は、『加賀乙彦自伝』（集英社）の「戸山ヶ原の腕白時代」で回想している。いろんな職業の子供が大久保小学校のクラスにはいた。畳屋、魚屋などとともに蛇屋の息子がいた。「蛇は滋養強壮にいいし、漢方薬としても用いられていて、戦前は都内でも蛇屋がたくさんありました」と言っている。そして、廃品回収業の「ワル」の息子がいて、戸山ヶ原の「三角山」でその子と一緒になって、土管に住む猫を焼き殺すといって、火をつけたが、それが陸軍の火薬庫がある近くだったことから、大騒ぎとなって憲兵が自宅に来て、学校では担任の先生にこっぴどく叱られたと語っている。

加賀が「江藤淳さんが新宿百人町の生まれで、やはりあの辺りでよく遊んでいたんですね」と言っているので、『奴隷の思想を排す』で論壇に登場した文芸評論家、江藤淳の『文学と私・戦後と私』（新潮文庫）の「戦後と私」を見ると、江藤は生まれた新宿の家の跡を探しに行っている。それによると、大内力の「故郷喪失」の脱力感を同じような心境を味わっている。

昭和四十年五月のある日、家の跡を探しに行った私は茫然とした。もともと大久保百人町は山手線の新大久保駅と中央線の大久保駅を中心とする地域である。新宿寄りの一、二丁目には商店が多く、大久保通りから戸山ヶ原寄りの三丁目は二流どころの住宅地であった。祖母は祖父の死後、青山高樹町の屋敷をある法律家に譲り、旧東京の郊外でまだ江戸時代以来のつつじの名所のおもむきをとどめていたこのあたりに移り住んだのである。私の幼年時代には近所はおおむね学者の家と退役軍人の家で占められ、大久保駅よりにはドイツ人村があって大使館員が住んでいた。

その家はなく、猥雑な家が立ち並ぶ街と変貌していた。その光景に江藤は残酷な興奮を感じて、

「私に戻るべき『故郷』などなかった」と慨嘆している。そして、老父が一時保土ヶ谷に住んだのち「大久保百人町の躑躅の多い家で暮らした。それが私の生まれた家であり、この家が戦災で焼亡してから父と私の〝戦後〟がはじまった」(「場所と私」)と追想している。筆者が中学生の時に、疎開先の埼玉県吾野村から、まだ単線だった西武線に乗り、西大久保の我が家の焼け跡を確認した時に、江藤と同じような「帰るべき故郷がない」感情を経験した。

ちなみに、江藤が回想する大久保の「ドイツ人村」というのは、徳永康元のところで、梅屋商会の横町に外人村というべき一角があったと書いたが、戦前の大久保百人町には、ドイツ人の音楽家や日本のクラシック音楽家が多く住んでいて、楽器の町、音楽の町として知られていた一時期があったようだ。

ところで、荷風の「淫祠」(『日和下駄』)によると、「湿瘡のお礼に豆腐をあげる」という縁起があると伝えられる鬼王神社のお祭りには、筆者は欠かさず出かけた。神楽殿によじ登ってお神楽を見物し、吹き矢を買って遊んだ。帰りが余り遅いので、母が心配して、人手を借りて探したというほど、お祭りに興じていた。

「岡落葉の文士村」のところで、西向天神に富士塚の「東大久保富士」があるといったが、「西大久保富士」は、鬼王神社にあって、花園神社には「新宿富士」があった。

鬼王神社と花園神社の富士塚には、恐る恐る登った記憶がある。富士塚は、富士山を信仰の対象としたもので、富士登山が修業とされていた。しかし、江戸時代は富士山に登ることは大事業であったことから、神社に富士塚を造って疑似信仰の役割をしたものであるという。

大久保小学校を昭和五年に卒業した細田常治は、鬼王神社のお祭りについて、本祭は、五月の一七・一八日のつつじが咲く季節に行われ、そのときには小学校は休みになったといっている。はたして、国民学校時代も休みになったかどうか記憶にない。現在の鬼王神社の境内は、社殿は両側からビルに挟まれ、記憶違いかもしれないが、大鳥居は鬼王様通（現在の職安通）に面していたはずなのだが、現在は区役所通に面してその位置も変わり、神社内に貨物トラックが駐車していた。

先にも言ったが、敗戦後まもなく、新制中学生の一年生になった時（余談ながら、昭和九年生まれの就学年度は、学制改革の節目にあって、小学校は国民学校、中学校は新制中学校、高等学校も新制高等学校で、大学も新制大学であった）、帰趨本能のようなものに駆られて、秩父に近い埼玉の疎開先から、込み合う単線電車を乗り継いで、幼少年期を過ごした西大久保一丁目四九七番地を訪ねた。我が家の跡を確認したかったのである。しかし、空襲で焼かれ、まだ整地されていない荒れ地には、見覚えのある陶製の便器がころがっているだけであった。

その便器がころがっていた辺りは地番変更により、歌舞伎町二丁目四四七番地となった。その後しばらくしてもう一度訪ねたが、その周辺には風俗店が櫛比して、道幅は変わり、新しい道が付け加えられたのか、どう歩いても、記憶に齟齬が生じて、その辺りに辿り着かない。都市の相貌は、時代の変遷を如実に物語っている。

それでは大久保小(国民)学校の同窓であった作家水澤周さんの「ルポ　残っている大久保」(『風、光りし大久保』上巻)の文章を借りて、この稿を閉じることにしよう。

町には町の心というものがある。生きざまもある。いまの西大久保の街々はひとことで言えば私たちの想い出にとっては死んだ街、無縁の町のようだ。

大久保の町はいい町であった。かつては百人組など、小身の武士が多く住み、その庭先に植えられたつつじの色どりが評判となって、つつじの名所といわれるようになったそうだが、わたしたちが住んでいたころは、つつじ林の気配は失せていた。小家がちの名残はあったが、明治以後、小身武士に代わり下級官吏たちの小家が並び出す。いわゆる御朱印外、江戸郊外における最初のスプロール現象であろう。島崎藤村など、まだ名のない文士たちの旧居が、それもつまりは、貧乏文士が暮らすにふさわしい、つつましい家居があったということなのだろう。

水澤周さんの文章はまだ続くが、「西大久保」という地名は、「西大久保郵政宿舎」、「都営西大久保アパート」などが道路マップに残っているだけだ。そして韓流ショップ街の裏手にある「西大久保公園」がその名残をかろうじてとどめている。武蔵野の面影が残る閑静だった西大久保は、文士村ともども、歓楽街の湖底に沈んで暗渠となってしまったのである。

『東京を歌へる』考

本編の書き出しに、短歌や俳句を添えた。それらは主として『東京を歌へる』（小林鶯里編・文藝社）から引き写したものである。昭和五年に刊行されたこの一冊は、題名の通り東京を詠んだ、俳句、短歌、詩のアンソロジーである。それらの句や詩歌を当時の東京市の区制別に選定して編集されたものである。麹町区、神田区、日本橋区などの各区に因んだ風景、情景などを詠んだものがピックアップされており、最後に「郊外」というジャンルが設けてある。

このアンソロジーを編んだ小林鶯里（こばやしおうり）（善八）の略歴は、鈴木徹造の『出版人物事典』（出版ニュース社）に次のようにある。

【小林善八こばやし・ぜんぱち】一八七八～没年不詳（明治一一～没年不詳）文芸社主宰者。一九二二年（大正一一年）二月、東京・牛込新小川町に文芸社を創立。月刊『文芸』を創刊、文芸書・歴史書の単行本、叢書類を発行。鶯里と号し、該博な知識とエネルギッシュな活動で、三〇〇余の著述をし、文芸社からも多数発行した。ことに、書誌学に通じ、『出版の実際知識』『世界出版芸術史』『日本出版文化史』『日本出版年表』『出版界三十年』『出版法規総覧』などの多くの出版関係の著書がある。東京書籍商組合の主事として、多年にわたり組合行政につくした。

略歴にもある通り、小林は旺盛なブックメーカーであったようだ。『東京を歌へる』の巻末にある出版広告には、『国民叢書』四五編、『日本国民史』七巻、『興亡五千年史』一〇巻などの著者はすべて小林鶯里になっている。

当初、この小林鶯里の経歴を調べあぐねていたが、平民社の研究をしている田中英夫氏から、『現代出版業大鑑』（現代出版業大鑑刊行會・『出版文化人名辞典　第3巻』）と『全国書籍商総覧』（新聞之新聞社篇『出版文化人名事典　第4巻』）に登載されている小林善八の略歴を教示願って解明した。参考のために、田中英夫氏から提供された右の『大鑑』の小林善八の経歴を全文転記する。この『大鑑』が、鈴木徹造の『出版人物事典』の基礎データになっているようだ。

東京神田の生まれ、かつて東京高師に學んだが、中途退學、明治三十五年に日本最初の文藝通信社を起こし、地方の新聞雑誌に文藝其他の作品を供給し、のち東京毎日新聞社會記者として活躍したことがある。同三十八年、東京書籍商組合主事に聘せられ、爾來勤續三十年餘年現に其の任に在る。組合行政事務と書誌學に精通し、苟も組合に關すること大小に論なく氏の手を煩はさゞるなく、業界發展のために貢献するところ誠に著大である。「圖書月報」、「出版年間」、「東京書籍商組合史」等はみな氏の編纂にかゝはるもので、事務編輯の手腕を併有し得難き材幹とされてゐる。尚ほ大正十一年以來文藝社の名の下に出版業を營み、既刊書は「國民叢書」其他百餘點に上つてゐる。而も其の多くは自著出版で、勢力の絶倫なることも驚異に値ひする。鶯里と號して俳句をよくし、まことに多藝多才の士である。

さて、『東京を歌へる』だが、その「序」の冒頭に編者は次のように言っている。

東京よ！

私の愛する東京は、どんなに巧さを誇り衒はうとしても、その粧ひは、いかにも拙く、かついかにも酷く、私の瞳に投げ入れられたことがわからない。

それでいて、「東京」の名は、東京に生れた私にとつて何物の比なくうれしいもの、貴いものそれ自身であった。

江戸末流の傳統を無みすべく、あわたゞしくも世界化にいそいだ、過渡期に於ける「若い東京」の徒らな均齊のない無秩序は、その數里平方に亘る廣袤のすべてを盡してゐたといへよう。

「東京よ！」と呼びかける、このアンソロジーの編者は、昭和初年の東京の近代化を横目で見ている節がある。それはともかく、東京全区域にわたって詠まれた、詩、短歌、俳句などを蒐めての編集の労は多としなければならないだろう。

ここでは、その中から、新宿の郊外とした目白、落合、高田の馬場、戸山ヶ原、大久保、柏木、角筈などの地区で詠まれたものを、本編でも使用したものもあるが、それを厭わず左記に掲げて往時をしのぶことにする。まずは「郊外」から紹介していく。

郊外

崖下を汽車のはしれるとどろきも春なりひとり郊外に住む　金子薫園

山の手の縁日の夜のうすあかく油煙の色のただよへる空　同

山の手の暗き厨の水がめを掻き出す音のさびしき夕　同

硝子扉をぎいとあくれば藍いろの秋空があり夜明けの高臺　同

電車まつ間も郊外なれや秋風のさびしき草のかずかずは見ゆ　吉植庄亮

小春日の郊外の道めづらしく遠く歩み來てかわきおぼゆる　佐々木信綱

ものの木の枝のみ繁きここちするわが一月の山の手の街　與謝野晶子

しめやかに濡れたる路も遠方(おちかた)に虫の聲する山の手の朝　同

工場の汽笛のこゑにめざゆたるこの山の手の朝のとどろき　尾上紫舟

一つなれば一つ答ふる山の手の工場の笛にあざけられけり　同

うちしめり街のどよめききこえ來る山の手町はかなしき夏の夜　木下利玄

如月や電車に遠き山の手のからたち垣に三十三才鳴く　同

ひさびさに街出でくれば郊外に落葉するもの盡くせりけり　中村憲古

わが十月、たるめる頬に、快く、郊外の日光の、焼きつくごとし　土岐善麿

山の手のひるひとときの明るさに庭の山茶花はやひらきたり　生田蝶介

郊外のなが屋つづきゆせまきまち霜のあさはやし雨戸とざせる　加藤鳴海

夕近きこの郊外の停車場に落ちてゐてかなし櫻草の花　田畑勇美之助

夏草は群生ひ茂り山の手に電車の屋根も見へかくれしつ　法月歌客

山の手の借家の庭や花魁草　沼波瓊音

竹の春郊外に居を卜しけり　柳下孤村

目白

おはち入れ賣るや目白のひる時分　武富瓦全

鵙なくや目白の驛も遠からず　昔城

落合

遠かはづ落合村の新田の水こゑたりや夜ただ啼くなり　金子薫園

しら波と落合崎のくれがたの橋杭見ゆれ柏木のもと　與謝野晶子

夏來ればあやにさやけし常盤樹もすべて新葉をつけて並べる　尾山篤二郎

野に來れば水かげろふも立つ草にこもりて鳴けり晝も蛙は　同

この野邊にひろがりきたる人の家火の見櫓のいつしか出來て　四賀光子

ささなきや落合村の晝時分　柳下孤村

高田の馬場

子規高田の馬場の闇夜かな　高浜虚子

戸山ヶ原

影のごと今宵も宿を出でにけり戸山ヶ原の夕雲を見に　若山牧水

ふところ手、
戸山ヶ原へ寐に行きぬ、
落葉するころは、毎日なりき。　土岐善麿

春の草、
散兵線を過ぎゆけば、入日めぐりをり、
　樹の間に赤く。　同

一隊の兵士に路を譲りしが、
佇めるほどに、
泣きたくなりつ。　同

わかれかね戸山が原の新緑に小鳥の如く栖をしたひ來ぬ　金子薫園

かがやかに通る新樹を見かへりて戸山が原に遠ざかりゆく　同

戸山ヶ原の晝の草籍きかねて見つ薄じめり空のひとみの薄らさむ　尾山篤二郎

この秋は戸山ヶ原の片隅に生命ほぼそく栖みすてもなむ　同

茜さす晝も見えつつ楢の木の梢のうへに月は白しも　同

つみくさの群はしづかに踏みゆきぬここの林の徑のしめりを　同

林には去年の葉風にひたなれり空のまなかに白雲は浮き　同

ほのぼのと地はけぶりて膨れゆき天の白雲にながれあひけり　同

春あさき林の湿地ゆふかげはふかくまともに射しいりにけり　同

野に來れば春日に蒸され芽をはけるなよ若草の葉さきするどし　同

野阜（のづかさ）のうへに見へつつ晝の月あはあはとして寒けかりけり　同

下萌えの芝生のつつみひた明しひたぶるくもり空の垂るれば　同

ねがはくば戸山が原の赤樫のかげに木洩れ日あびて眠らむ　並木秋人

草たかき戸山ヶ原をたもとほり半月の宵松はくろかり　奥原祥司

小春日の戸山ヶ原の枯草に戀人同志が本をみてゐる　同

冬おそく戸山ヶ原に草籍きてまろべは落葉ひた顔をうつ　法月歌客

枯れて立つ戸山ヶ原の樹樹の上を流らぶ雲のおりおり時雨す　同

戸山原草のかげなる日だまりに人けわひす雲見てあらむ　同
花木槿戸山ヶ原にほとり住　原月舟
大根引くや戸山ヶ原を放れ馬　同
霧の朝田端の坂を市へ行く青物車くだり來る音　四賀光子
虫鳴くや子規の墓ある山つづき　内藤鳴雪
行かで止む田端の火事や二時をうつ　中野三允
大龍寺道の秋埃りを厭はず　同
雁渡る田端の臺や秋大根　川島奇北
稲刈や田端の臺に風寒し　同

大久保

そのころは獨歩も生きてこの村に聖書よみけむこすもすの花　金子薫園
ほそぼそと夜の蛙の啼きつづく四年住みにし大久保を去る　同
躑躅咲く大久保わたり今しばし車の道のいそがずもがな　大和田建樹
大久保や躑躅の道を問はれ勝　高浜虚子
大久保は躑躅ばかりの枯木かな　同

門松も百人町の藁家かな　原月舟
大久保の空高高と唐辛子　沼波瓊音

柏木

柏木はかりそめ建の貸家のあなたこなたに春の風ふく　佐々木信綱

角筈

角筈の聖者にそむくはなしより戀のはなしはおもしろきかな　吉井勇

旧版　あとがき

この稿は、「新宿・大久保文士村点描」と題して、『日本古書通信』（日本古書通信社・平成一三・八・一五〜九・一五）に連載したものを下地として、大幅に加筆したものである。この文士村執筆に当たっては、当初、もう少し積極的な気構えがあった。

『新宿と文学』を見ると、「区内に居住した作家」として、四十人の作家が紹介されている。新宿で生まれた夏目漱石を始め、内田魯庵、坪内逍遥、二葉亭四迷、尾崎紅葉、島村抱月、芥川龍之介、永井荷風、正宗白鳥、生田長江、川上眉山、加納作次郎、生田春月、九条武子、林芙美子などが登場する。加えて、新宿には、相馬黒光の中村屋があり、田辺茂一の紀伊國屋があって、さまざまな人物が往還し、魅力ある文化を形成してきた。さらには、新宿ゆかりの女性をリポートした冊子もある。『新宿ゆかりの女性たち』（新宿区地域女性史編纂委員会・一九九四・三）、『新宿ゆかりの女性たちⅡ』（同・一九九五・三）、『新宿に生きた女性たち』（同・一九九六・三）の三冊である。これらの文人や文化人が行き来した、新宿文学地図を書こうかと思ったのであった。

田山花袋研究家の丸山幸子さんから借覧した花袋の『インキツボ』（文芸入門第二篇・佐久良書房）に「踏査」という文章がある。彼の作品「田舎教師」は、埼玉県行田界隈の地理をくまなく調べて、それを下地に主人公の日常を想定しながら書いた。そして、「歴史地理という学問は面白い学問である。私は小説地理といふことを『田舎教師』によって考えた」といっている。この「小説地理」という発想は、野田宇太郎によって確立された文学散歩というジャンルの原点となっているように思う。この花袋の「踏査」のひそみに倣った新宿文学地図を考えたのである。

たとえば、「新宿区史跡めぐり地図」（新宿区立新宿歴史博物館）を手引きとすると、林芙美子記念館がある「落合コース」、佐伯祐三画伯旧居跡がある「下落合コース」、内村鑑三終焉の地である「柏木・淀橋コース」、小泉八雲終焉の地がある「大久保コース」、島村抱月旧居跡のある「戸塚コース」、夏目漱石誕生の地がある「早稲田コース」、尾崎紅葉や泉鏡花旧居跡のある「神楽坂コース」、永井荷風旧居跡がある「市谷コース」、二葉亭四迷旧居跡がある「四谷コース」、三遊亭円朝旧居跡がある「内藤新宿コース」と一〇のコースに区分されているこの全コースを踏査、記録した新宿文学散歩を書こうという意気込みもあった。しかし、ライフワークとしての別の作業に手間取り、脚力には自信はあるものの、この全コースを踏査、探訪する根気が、老齢、少々薄れてきた。しかも、すでに、芳賀善次郎の『新宿の散歩道─その歴史を訪ねて─』（三文社・昭和四八・七）という決定版ともいうべき一冊がある。

そこで、まえがきにも書いたように、生地へのこだわりと感傷を込めて、私が幼少期を過ごした西大久保周辺、即ち、新宿・大久保文士村に限定して、懐古の情を巡らしたのがこの一文である。

それにしても、戦後の新宿というか、西大久保界隈は激変した。大内力（「百人町界隈」）も「百人町は私の故郷である。しかし故郷などというものは、遠く離れたところにあって、何年経って帰っても余り変わっていない、という処であろう。『故郷は遠きにありて思うもの』である。今、表面はケバケバしく都市化したにせよ、まことに雑然とした異邦人の町と化した百人町に住む私は、実に亡郷の民なのである」と慨嘆している。

焦土と化したこの街づくりに精魂を傾けた鈴木喜兵衛は、「銀座と浅草のよさをとり入れた健康的で文化的な娯楽街」（木村勝美『新宿歌舞伎町物語』潮出版社・昭和六一・九）としたいと願い、歌舞伎町という地名に情感漂う夢を抱いたのであったが、なぜか街の装いは大きく崩れた。今では、歌舞伎町という町名には、ネオン煌めく原色の街というイメージが付着して離れない。自然に彩られた大久保の花の色は、歌舞伎町という不夜城に咲く人工の花と化した。

なお、文中に差し挟んだ、短歌や俳句の一部は、小林鶯里編『東京を歌へる』（文藝社・昭和五・一〇）から借用した。

今回、長年お世話になっている八木福次郎さんの「日本古書通信社」から、編集の樽見博さんの勧めもあって、この一冊を印行することにした。両氏には篤く感謝したい。

二〇〇四年一〇月　妻正子ともども古稀を迎えた年に

『新宿・大久保文士村界隈』その後

小著『新宿・大久保文士村界隈』（日本古書通信社）を刊行してから、『週刊読書人』（平成一七・一・二一）に新刊紹介「出版メモ」で取り上げられ、『図書新聞』（平成一七・一・一）で矢口進也氏の「新宿、大久保の文学地図」という書評が載った。そして新刊の紹介記事が雑誌などにいくつか載った。地域が限定されているにも拘わらず、いろいろな反響を頂いた。文学関係の論考にも引用されている。なかでも大久保小学校の先輩ＯＢの方々からお便りがあった。御蔭で、三〇数年ぶりに同窓会に出席し、大久保（国民）小学校での少年時代を懐かしく思い出した。

旧版カバー

北海道北広島市にお住いだった福島昭午さんは、小著出版を大変喜んで下さって、ご自身が主宰されている同人雑誌『人間像』に書評や書影入りの出版広告を掲載し、賀状にまで書影を載せて下さった。その御蔭で、小著再販という快挙を成し遂げた。

福島さんのご尊父は作家志望の雑誌記者、古宇伸太郎（第一一回芥川賞候補者）で、作家廣津和郎と親しかった。父君の後ろについて、廣津の家をよく訪ねたという。福島さんの家は西大久保二丁目にあった大学芋屋の裏手。廣津の家は西大久保一丁目四四五番地の借家だった。

廣津和郎は、祖父華山が主宰していた旬刊誌『洪水以後』に文芸評論を書いて文壇にデビューしたことから、戦後少し手紙のやり取りがあり、著名入りの『松川裁判』（中央公論）を恵投賜わったことなどがあって、特別な関心を抱いていた。ある時、その廣津の書いた『麻雀入門』（誠文堂十銭文庫）の紹介記事を『日本古書通信』連載の「書架拾遺」に書いたので、それを福島さんに送った。

その礼状に「父が広津宅にいる間、志賀直哉が庭から上がり、すぐ麻雀卓を用意したそうです。下手なのに好きだったようです。飯時に、味噌汁をご飯にぶっかけ、サラサラと口へ流し込むサマが、志賀ならのスタイルで、決して下品に見えない…広津はいつも、それを褒めていたそうです」とあった。廣津は大正文壇での麻雀耽溺組の筆頭格で、真偽のほどは不明だが、吉井勇や加納作次郎とともに賭麻雀で警察にご厄介になったとか。下手な横好きの志賀直哉は、その日記に「もうやめた」と書いてはまた打牌して自己嫌悪に陥っている。

ある時、小著を読んだ大久保小学校四年先輩の青柳安彦さんから大久保周辺の一軒一軒の住宅や商店街を再現した「うろおぼえマップ」（ドサクサ会）が送られてきた。「昭和一二年〜一九年頃の大久保」の記憶再現地図である。その再現地図を広げて見ると、あたかも竹コプターを頭に付けて、少年時代に遊んだ大久保界隈の空を飛行するドラエモンの気分である。この地図のことは、朝日新聞をはじめ、雑誌『ノーサイド』（文藝春秋）で紹介され、ドイツ文学の種村季弘が「失われた町を求めて」（『東京人』）で取り上げている。青柳さんは「大久保の歴史を語る会」を主宰して、特に西大久保周辺の戦前戦後の地誌を熱心に調べている。鬼王神社の今昔の調査は刮目に値する。それに、文士村界隈を基礎資料として、青柳さんは、明治、大正、昭和初期の「大久保文士村マップ」も作成している。

そして、やはり先輩の作家水澤周さんが青柳さんの「マップ」を「記憶図と地霊」（『調査報告』）で紹介している。その水澤さんに同窓会の席で、新宿の歌舞伎町周辺から戸山が原を経て神田川に流れていた「蟹川」があった事を知らせてから、頻繁に往復書簡を交わした。

西大久保に流れていた細流の「蟹川（カニ川・加ニ川）」のことは、『江戸の川あるき』（栗田彰・青蛙書房）に「蟹川」としてその細流を『江戸切絵図』や『東京実測図』を見ながらその水路を追っている。その源流には諸説があるらしいが、新宿歌舞伎町あたりを水源として、尾張徳川藩の下屋敷だった回遊式庭園があった箱根山（戸山山荘）を経由し、早稲田の大隈重信の屋敷の側を通って、神田川に注ぐ。

水澤さんは、今では暗渠となった「蟹川」に強い関心を示されて、『江戸切絵図』などを調べて実地踏査の結果、「蟹川考―消えてしまった小さな川を追って」という草稿にまとめられた。それは発表の機会が得られず残念ながら遺稿となった。水澤さんには、野坂昭如が絶賛した戦争末期から敗戦直後までの混乱の中で自分を見失うことなくひたむきに生きた一人の女性を描いた『八千代の三年』（風媒社）があり、また、久米邦武の『米欧回覧実記』（慶應義塾大学出版会）の現代語訳を完成させており、『青木周蔵―日本をプロシャにしたかった男』（中央公論社）がある。

地図といえば、戸山小学校卒業生の武田まり子さんたちが中心となって作成した「戸山小学校創立七十五周年記念　記憶を辿ったわが町大久保（昭和一〇年前後）」というカラー版の地図が送られてきた。この地図は新大久保駅が中心となっている。ゆかりの場所のコメントがついていて楽しい地図である。

ところで、寺内大吉の『化城の昭和史』（中公文庫）を読んでいたら、あの国家社会主義者の北一輝の自宅が西大久保にあったと書いてあった。大久保周辺には小著に登場した人物の他にも、著名な人物がいた。『武蔵野から大東京』（再建社）の一冊があり、田山花袋の影響を受けて紀行文などを書いている白石実三が角筈に住んでいたことがあると実三研究家の宇田川昭子さんが教えてくれた。また、山田耕筰の姉、日本での国際結婚第一号といわれる、婦人運動家で矯風会の会頭でもあったガントレット恒子が百人町に住んでいたと、少女時代にわが家に遊びに来ていた親戚の山本利理子さんが知らせて来た。
戸山ヶ原の思い出を持つ人も多い。柏木に住んでいる画家の薄井正彦（工学院大学名誉教授）さんは、子供の頃、戸山ヶ原の櫟林のなかを走り回り、白煙を吐きながら通過する貨物列車の数を数えたり、釘を線路の上に置いて列車につぶさせたりした悪童時代の思い出を語っている。

明治三六年、川田鐵彌が東京府豊多摩郡大久保（現・新宿区新宿七丁目）に創設した高千穂小学校に通っていた藤島昌平さんは、「百歳とはこんなものかと捨てカイロ」と詠む百歳を迎える工学院大学の名誉教授。舟橋聖一、田辺茂一などと原っぱで硬式野球をやったと話してくれた。この野球の話は、「新宿学」を唱道する早稲田大学名誉教授の戸沼幸市さんのレポート『新宿の都市計画―課題と将来像』（紀伊國屋書店）に掲載された、紀伊國屋書店の松原治氏の聞書きでも、舟橋聖一、田辺茂一らが野球をやっていたと話している。

その戸沼さんから電話があって、早稲田大学オープンカレッジで大久保文士村界隈の話をしてくれとの誘いがあった。早稲田大学の教室で、水澤周さんの「蟹川」の話を枕に振って、大久保文士村の話をした。この話の低音部というべきものには、田山花袋の「小説地理」を意識したものがあった。そのことを知った花袋研究家の丸山幸子さんに勧められて、「田山花袋の小説地理をめぐって」という演題で、東洋大学で開かれた花袋研究会で話をした。そんなことがあれこれとあって、私達夫婦にとっては初対面であった、戸沼さん御夫妻、水澤さん御夫妻と新宿の中村屋で、カリーライスを食べるという楽しいおまけがついた。

文学散歩のテキストに大久保界隈はあまり取り上げられないと、大正期社会主義文学の研究をしている大和田茂さんは言う。確かに、野田宇太郎の文学散歩は、通りすがりの立ち寄りで、新宿大久保文士村は視野にない。戦前の新宿というと早稲田、神楽坂周辺と林芙美子の関係から落合文士村あたりで、大久保は小泉八雲、島崎藤村止まりだ。その扱いはいたって寂しい。

そういえば、ノーベル物理学賞を受賞した小柴昌俊博士は大久保小学校の同窓生だと福島昭午さんが教えてくれた。幸い、小柴先生が私の勤め先の大学の顧問に就任されていた。私は定年退職していたが、機会があってお目にかかることが出来て、拙書を進呈方々青柳さんの「大久保マップ」をご覧に入れて、「先生のお宅はどの辺でしたか」と伺ったら、大久保小学校近くの路地を指さされて、「この辺、この辺」と言われて「小さな借家だったよ」と破顔一笑された。

石橋湛山記念財団の理事で、日本近代文学館の監事をしている相田雪雄さんから「文士村界隈」を大変興味深く読んだ。お互いの住所からすると住んでいるところが近いようなので、一度会って話がしたいとの電話があった。夏のある日、石神井公園の傍にある喫茶店でお目にかかった。相田さんは小学校の頃、西向天神の側に住んでいて天神小学校に通った。西大久保の方に足を延ばしたことはないが、戸山が原周辺には幼い記憶があると懐かしそうに話していた。相田さんは『毎日新聞』の夕刊に「私の読書」というコラムを書いていて、その平成一〇年一月一二日に、宇佐美承の『新宿中村屋　相馬黒光』（集英社）を取り上げている。「新宿は私のふるさとである。布袋屋（今の伊勢丹）があり、駅前の三越（今のアルタ）があり、果物の高野があり、そしてパンの中村屋があった（略）。花園神社より東（郡部）にある小学校を終え、渋谷鉢山の商業学校に通学するのに毎朝毎夕、中村屋や紀伊國屋の前を通らないわけにはいかなかったのである」と回顧の筆を執っている。

また、西京信用金庫の新宿支店が開催した市民講座に招かれて、「新宿・大久保文士村界隈」の話をしたことがあった。『新宿ゆかりの文学者』（新宿歴史博物館）では、参考文献として小著が揚げられている。

瀬戸内晴美の小説『田村俊子』（新潮社）では、俊子の谷中時代が不明であった部分を足で解明したのが、福田はるか氏の評伝『田村俊子』（図書新聞）である。その福田氏が小著を読んで、かつて水野葉舟や久保田万太郎を調べた時、揚場町、牛込北町などを歩いて調べたことを思い出したと言っておられた。小著を書いたときも、カメラを片手に、大久保小学校近辺を何回となく歩いたが、戦災に遭って丸焼けになった町の様子は激変していて往生した。曲がるべき記憶の路地がない。小学校時代、一一歳当時の行動半径は知れたもので、自宅周辺と学校近辺がせいぜいであった。それに記憶を呼び起こす町の佇まいがほとんど無いのである。

その後、「大久保文學倶楽部」の記録が残っている『大久保町誌稿』の存在を新宿歴史博物館で確認できたこともあって、『文士村界隈』の補遺として『大久保文學倶楽部　遠景』（二〇一七）という私家版の小冊子を出した（その資料は、この増補改訂版で補筆した）。ともかく、大久保と聞けば追いかける。思えば西大久保で少年期を過ごした、昭和ヒトケタ生まれの亡郷の民が、遠い昔の文士村の一齣を追いかけるのは、ゲニウス・ロキの仕業かも知れないと思っている。

（『風、光りし大久保—少国民が見たある町　下巻』大久保の歴史を語る会）

増補改訂版あとがき

文士村というと、現状では「田端文士村」、「馬込文士村」、そして「阿佐ヶ谷文士村」と相場が決まっている。そこへ「大久保文士村」も参入すべく『新宿・大久保文士村界隈』を二〇〇四年に刊行した。そして、大久保文士村界隈としたその「界隈」とは、文士村周辺に居住した、大久保村の文士たちとも交流があったであろう人物についても筆を及ぼした。

新宿・大久保村に誕生した岡落葉の「十日会」や茅原茂の「大久保文學倶楽部」などは、明治末年の文壇史における「文士村」としては、草分け的存在であった。しかし、伊藤整の『日本文壇史』（講談社）にも登場せず、知名度は低く、川本三郎氏が『郊外の文学誌』（新潮社）で、『日本古書通信』に連載した拙稿の一端を紹介してくれたのは僥倖であった。

その間、いくつかの新資料を得た。それらを『大久保文學倶楽部　遠景』（私家版）という小冊子にまとめて印行した。そしたら、この大久保文學倶楽部を取り上げてくれている論考のあることを、日本古書通信社の樽見博氏が教えてくれた。それは、「近代日本における人文知移動の動態的研究」（日本大学研究紀要）の一部をなす「文芸家住所録・住所付き名鑑集成の試み」の「【コラム】３大久保文学倶楽部のこと」で、その論考執筆者の小林修氏が、大久保文学倶楽部編の『現代文士録』を取り上げた際に、拙書にも言及してくれたのである。そして、「大久保界隈が文士村と呼ばれ、後の田端文士村、馬込文士村、阿佐ヶ谷文士村などの先蹤をなした存在であったばかりでなく、「十日会」「大久保文学倶楽部」という会員組織を生み、とりわけ後者は全国規模の文芸家住所録を編輯発行した事実は特筆すべきことであったといえよう」との評価を得たことは、大いに我が意を得たとの思いを強くした。

その余勢を駆ってというか、二十数年前に印行した旧版を底本として新資料と新稿を加えて、挿図もかなり変え、装いをあらたにして刊行する機会を得た。それは、旧版を出版してくれた、日本古書通信社の編集長樽見博氏の紹介により文学通信から刊行する労をとっていただいたのである。この友誼に感謝申し上げる。そしてその文学通信の渡辺哲史氏が若い視座から、旧版を新装とするアイディアを提供してくださり、タイトルも『文士村散策―新宿・大久保いまむかし』として、顔立ちが引き締まったものとなった。深甚の感謝を申し上げる。

近頃、老生という言い方が板につくようになった。しかしまだ前を向いて歩かねばなるまい。亡妻もそれを望んでいるであろう。

米壽とてキーボードを打つ目借り時　　亜孟

二〇二三年七月一四日

■ら

■わ

主要人名索引

■か

■さ

■た

■な

■は

■ま

■や

著　者　茅原　健（かやはら・けん）

1934年東京都新宿西大久保に生まれる。1959年中央大学法学部卒業。工学院大学学園開発本部部長を経て、エステック（株）専務取締役。その後（財）日本私学教育研究所研究員、事務局長、理事などを歴任。著書に『民本主義の論客　茅原華山伝』（不二出版、2002年）、『工手学校』（中公新書ラクレ、2007年）、『敗れし者の静かなる闘い』（日本古書通信社、2021年）、『福音俳句　巡礼日記』（日本古書通信社、2022年）など。

文士村散策
——新宿・大久保いまむかし

2023（令和5）年8月25日　第1版第1刷発行

ISBN978-4-86766-016-4 C0095

※本書は2004年に日本古書通信社より刊行された『新宿・大久保文士村界隈』の増補改訂版である。

発行所　株式会社 **文学通信**

〒114-0001 東京都北区東十条1-18-1 東十条ビル1-101

電話 03-5939-9027 Fax 03-5939-9094

メール info@bungaku-report.com ウェブ https://bungaku-report.com

発行人　岡田圭介

印刷・製本　モリモト印刷

ご意見・ご感想はこちらからも送れます。上記のQRコードを読み取ってください。